GAEA

Gaea

Gaea

Gaea

特殊傳說 特典

晝夜循環 03

護玄——著

《晝夜循環》屬於不同世界番外。

與《特殊傳說》本傳劇情無任何關係，純屬「假如他們在另一個世界」會如何歡樂生活的平行文。

請帶著一顆被洗腦過後什麼都不記得的心服用本文。

05. 同班同學

庚，十九歲，原校直升學生。

最初來打工時，只是普通高中生打算趁著暑假期間賺些零用錢，買些喜歡的書與衣飾，沒想到進入的打工場所頗合心意，就這樣一路做到大學，一晃眼也是數年過去，目前正在教導近日新進的小同事。

因爲課程的安排，大學下課後她有幾天可以比較早進餐廳，這天過來時，正好與要下班的日組主廚打了個照面。

與夜組主廚一樣，日組的主廚也是誤打誤撞進餐廳的，他有位好朋友在這邊打工，因擔心對方的工作狀況來探班，但一直撲空，對方把班表藏得很好也帶著微笑要求同事們不准外洩，總是正好把休假排在這人會來的時間；幾次下來這人也生氣了，某天莫名在老闆的遊說下露了手廚藝，接著莫名應徵上日組主廚之位。

讓日組主廚崩潰的是，等他進餐廳後他才發現他應徵上的是日組，而朋友是夜組人員，不過那時候已經來不及了，找到足以擔當重任的新主廚後，原主廚歡樂地衝往國外度假，一時半刻沒有人可以接替，富有責任感的日組主廚就這樣待下來，從此過著下班正好與朋友擦身而過的日子。

為此，全體人員深深替他點了根蠟燭。

而他那位朋友對這情況表示很滿意，雖然有時還是會被刻意留下的日組主廚逮去吃宵夜。

「留了一套點心給你們。」日組主廚話很少，相較於夜組主廚，簡直惜字如金，雖然罵起人來尖酸刻薄少不了，然而人卻還不錯。簡單地丟下句話後，主廚轉身瀟灑離開。

看著日組主廚蕭瑟的背影，庚不由得默默在心中劃了個十字。

這位大廚應徵前是個在家族科技業分公司上日班的主管，莫名其妙變成廚師後，又因責任心過重，不能隨便拋棄應允的承諾，努力地把工作喬來喬去，結果現在變成白天在這裡當廚師，晚上在家族公司的生產廠當夜班主管，每天上班十六小時，堪稱即將肝爆炸的職場奴隸典範，不知道什麼時候會死。

庚與日班的外場同事們交接後稍作整理，很快地，高中生們也下課了。

「雖然我們不用進廚房，不過基本的飲料調製和點心擺盤還是會處理到。」

前兩天領著男孩熟悉店內並一邊觀看實習了解基礎事務後，庚今日開始教導怎麼調製簡單的飲料與開始實做。「外場們專用的小吧台在門裡面這邊，不要使用外面的，那是調酒師和老闆們專用的，手法沒有他們那麼好就不要在客人面前製作，以免被客訴。」

「客訴？」褚冥漾一臉呆滯。

「我們以前有位工讀發生過慘案，因爲人太多了來不及進內場區，直接在大廳吧台調製飲料，然後被客人靠杯不專業。」庚微笑著看著初踏入險惡社會的小朋友，「內容大致是用那麼高級的吧台，竟然只給他一杯普通的蜜桃氣泡水，鬧著要工讀生重新製作。」

「……好靠杯。」褚冥漾打從內心有這種感覺。

「是的，你永遠不知道你面對的客人會有多靠杯，就算他們外表長得再怎麼正常，但他會靠杯的時候就會靠杯。所以做東西時躲在裡面做好再端出來，除非你有信心像其他專業的人員能隨手花式調酒；點心擺盤也一樣，即使你只是要把附餐餅乾或餐包夾到盤子上端給他們，絕對要在客人看不見的地方進行。」庚拍拍男孩的肩膀，先替對方打預防針。「雖然餐廳位置不太起眼，但相信我，我們的客人很多又很雜，還要加上一批從四面八方擁來看臉的，會想用各種手段引起特定服務人員們的注意，或是想被服務人員踩的，所以奧客機率很高。」

「我相信。」這點褚冥漾倒是完全不懷疑，光看他那位學長就知道了，天還沒黑就一堆人在外面接待區詢問學長下課沒，不知道的還以爲是來追星，各年齡層男男女女都有，光看就覺得可怕，說裡面有人專程來吃拳頭他都信。「我也相信預約已經排到三個月後了。」

「喔，這點倒是眞的，三個月的預留席全滿了，只剩現場候位，而且還要留下鄰居們的特別位。」庚點點頭。餐廳的預約單只開放三個月內，這還是老闆發現沒有限制時間的話，根本電話接到手軟，現在可以直接電話預錄告知本月預約已滿，減少很多想預約三個月後時間點的，和訂不到位被咆哮的機率。「不過你放心，這些資深員工會處理，不會讓工讀生排預約和座位的。」

褚冥漾點點頭，悄悄在心中鬆口氣，他也覺得目前純菜鳥的自己完全不可能處理那種可怕的事情。

「對了，如果遇到騷擾、被摸屁股，或是襲胸之類的，當下沒辦法折斷對方手的話，你可以找亞或是奴勒麗幫忙，晚點我會告訴你怎麼輕鬆把手折斷的祕訣。」面色不改地說出驚悚內容的庚，依然掛著鄰家姊姊的溫柔微笑：「我們電話都有預設碼，按七直撥管區，太過分的直接報警抓走。」

等等！所以折斷手到底是眞的還假的？

折不斷才找人幫忙和報警嗎？

褚冥漾看著語氣輕柔、貌美如花的大姊姊，完全判斷不了對方是在講幹話還是在講眞話。

姑且當成真話好了，這家店的人都具備被騷擾直接折斷對方手的實力嗎！有夠可怕！這是餐廳吧！這眞的是餐廳吧！

「啊，還有最後一件事情，今天有另外一位新來的工讀生，也是你們學校的，要好好相處喔。」庚看著一臉呆滯的傻孩子，摸摸對方的腦袋，繼續簡易飲料調製教學。

開始準備晚餐前，男孩被廚房組的女孩拎去，兩人不知道在講些什麼，男孩表情浮現疑問和訝異。

「如何？」奴勒麗走到庚的旁邊，鮮艷的紅唇彎起美麗的弧度：「小朋友好玩嗎？」

「好可愛啊。」庚握著雙手，很有愛地看著在那邊說說笑笑的小男孩、小女孩。「果然有新的工讀生就是好。」最喜歡看可愛的小朋友們有活力地行動了。

「不過另一個就沒這麼可愛了，嘖。」奴勒麗想起這幾天都是等補習班下課趁隙來學習的新工讀生，覺得不好玩。

幾乎是與男孩同時進入餐廳的另一名工讀生因爲有課後和家裡安排的補習，所以前兩天一直和男孩下班時擦身而過，還沒正式上班，只是先來學基礎，昨天是他補習的最後一天，今天終於可以正式上工。

「他學東西太快了，如果不是應徵時有直接明說沒有工作過，我還眞懷疑他是個打工熟練仔。」奴勒麗本來還很期待手把手地玩弄小朋友，沒想到來個天才，基礎工作看一眼就會，數十種基本桌邊飲料配方一字不漏都記住就算了，連他們店內的餐點材料與配置、調酒也全記住了，甚至能把預約名簿完整回答出來……這種小孩是來打什麼工，根本應該去天才班菁英訓練好嗎。

談話之間，庚看見旁邊的側門被推開，一身學生制服打扮的男孩走進來，對正在聊天的她們點頭打招呼，然後沉默地往員工休息室走去。

「這位是雪野千冬歲，和你一樣，也是夜組的工讀生喔。」

把新工讀生介紹給褚冥漾時，兩人果然都有點微愕。

不要說是同學校了，兩人其實根本就是今年同班的同學。對於這個看似巧合又不是巧合的狀況，庚覺得相當有趣。

「你不是我們班那個……」褚冥漾瞪大眼睛，沒有預料到在這裡居然還能看見另一名同班同學。

「喵喵說這裡還缺工讀生，姑且就來應徵看看。」推了下鼻梁上的眼鏡，冷著張臉的男孩同樣看著新認識的同學。「你就是第一天拿了折價券然後傻傻跑來的那位吧，下回要來先和喵喵說比較好，這樣能夠替你安排保留座……不過現在你也是員工，就沒差了。」

「既然都是同班同學，那就不用特別介紹了，雪野同學的學習速度很快，已經把所有餐單都背熟了。」庚把無線耳機遞給兩人，「雪野同學想跟著哪位外場呢？」

「我都無所謂，只要可以好好做工作就行了。」千冬歲掛好耳機，立刻轉爲專業服務人員的氣場。

「那麼你就按照前兩天一樣跟著奴勒麗吧。」安排完兩位新進人員的實習對象，庚便帶著顯然還背不熟菜單的褚冥漾開始進行日常工作。

外場的工作其實並不算輕鬆，雜七雜八的瑣碎事務非常多，領位端水補水、收整桌面更換餐巾、補備品，上菜上飲料上點心，調整桌椅、維持櫥窗門戶乾淨等等……然而比起這些，最讓他們感到麻煩的，果然還是眼前的狀況吧。

「小姐～我兒子把飲料打翻了，麻煩你們來收拾一下！」坐在窗邊與朋友聊天的婦人招手喊道，一邊約莫幼稚園大班的小孩正在玩盤子裡的食物，躺在桌邊的飲料杯裡液體一滴不剩地翻倒在地面。「把桌子地板擦一擦，然後再換一杯新的過來。」

庚帶著實習生把地面清乾淨後，很快地換上新的紅茶。

「一般得換給她嗎？」褚冥漾端著回收的空杯子和空盤，進到內吧台後按照教學邊清洗邊詢問：「又不是我們的錯。」

「其實可以不換的，不過只是附餐的便宜飲料，換一次給她還在合理範圍。」庚微笑著說道：「當然也有其他的方法喔。」

實習生很認真地點點頭，把杯子放入殺菌機裡。

晚餐時刻依然座無虛席，內外場不管是正職、工讀生，或實習生，全都忙得團團轉，熱菜不斷端出上桌，空氣中瀰漫著各種食物交織而成的香氣，熱絡的用餐與交談聲，伴隨著杯盤碰撞聲，此起彼落地交替著。

庚與實習生在負責區域內替一桌情侶上海陸套餐時，略大的音量再度傳來：「欸小姐，我兒子又把飲料推倒了，麻煩過來收拾一下，順便換一杯新的。」

她帶著微笑，讓實習生先把地面整理乾淨，看著正在拿碗盤互敲、將食物打翻得滿桌都是的小孩，視線移回到一臉理所當然的母親身上，優雅地輕聲開口：「不好意思喔，我們續杯必須付費，請問您要加八十元續杯嗎？」

婦人臉色陡然一變。「什麼！剛剛妳又沒有說要加錢！」

「哎呀，剛剛想說小朋友不懂事碰倒了，想讓小朋友能有飲料喝，所以偷偷換了一杯，被領班抓個正著扣了薪水，眞的不好意思，我想沒有第二次機會了。請問您要加八十元續杯嗎？」庚帶著溫柔的微笑，順便取過小孩手上被碰撞後略微彎曲的叉子，面不改色地直接把稍微變形的部位拉直。說道：「大人用的刀叉要小心喔，可能會讓小朋友刺傷自己，畢竟小朋友不懂事，請妥善使用我們準備的兒童餐具，以免誤傷。」

「不加了！搞什麼連個飲料都要加錢，小孩子撞倒有什麼辦法嘛！」婦人不悅地往小孩腦後一拍，手上餐具扔回餐盤裡，發出很大的哐噹聲響。「去去，弄乾淨就算了。」

「對了，可能要麻煩您留意一下，小朋友不懂事容易碰撞，所以我們才都為小朋友提供可愛又不會損壞的兒童餐具，不過為了令每位客人賓至如歸，我們使用的成人餐具組很多都是老闆精心挑選的進口骨瓷，價格比較高昂。如果讓小朋友拿來作為玩具而出現損壞……」庚看著臉色繼續變換的婦人與其友人，加深了笑容。「大概就得勞煩媽媽負責囉。」

婦人直接搶過小孩手上揮來揮去的小花盤，惡狠狠瞪了小孩一眼。

「原來是用骨瓷啊，難怪我就覺得餐具特別漂亮。」坐在對面的友人很訝異地開口：「你們餐廳也太用心。」

「是的，這一套是我們老闆上個月才剛從英國帶回來的新餐具，是節日紀念款，如果您有興趣，我可以為您介紹產地與造價。」庚滔滔不絕地向客人簡介起餐具的淵源。

看見對方做了手勢讓自己先離開，褚冥漾趕緊退回內吧台。

「庚又在對付奧客了。」奴勒麗走過來，嘖嘖地看著外面的狀況。

「啊？」男孩與同班同學疑惑地看著美艷的大姊姊。

「我們有奧客黑名單，她非常喜歡把老闆的高級碗盤拿出來用在奧客身上，特別是這種愛帶小孩又不管小孩的黑名單，她期待小孩可以把碗盤打破，好讓她挖一筆賠償費。」奴勒麗彎身從吧台下拿出一本貼滿發票的冊子，上面是各式各樣餐具的發票和相關資料。「看看，老闆的購買單據在這裡，準備讓智障家長按價賠償用的，座位也全排在監視畫面拍攝得最清楚的位置，要把影片打碼傳到網路上也清晰方便。」

「……老闆不會心痛嗎。」居然把高級碗盤拿來當奧客陷阱嗎，褚冥漾抖了下。

「老闆痛又不是她痛，而且老闆也阻止不了她使用碗盤，有不少愛擺拍打卡的傢伙就是衝著特殊餐具來。她最喜歡讓奧客砸老闆的碗盤，逼得老闆後來只好進一批讓她專用的餐具，這樣才不會砸到老闆的珍藏。每次庚遇到黑名單時，對方砸壞碗盤照價賠償的機率都很高呢，我們這裡最高紀錄是有人賠了整套喔。」奴勒麗說出一個驚人數字，讓旁邊的工讀生又抖了抖。

「不得不說，還滿有效的，通常賠過一次後他們就學會愛惜別人的物品了。」

「讓小孩把餐具當玩具又不管的家長問題更大吧。」千冬歲冷哼了聲，不以爲然。

「客人眞的會乖乖賠嗎？」褚冥漾很憂心這點。

「餐本上第一頁就有寫，本店部分餐具來源特殊，若有人爲或刻意損壞須照價賠償。」千冬歲很快地告訴同班同學印在每本餐單上的說明。「連謝謝和對不起都不會說的人，賠死活該。」

「特殊餐具也是我們餐廳的特色喔，不過放心，平常的餐具都是普通的耐撞平價款；特殊餐具大部分都是能買到的流通款，整理桌面時小心不要撞壞就好，剩餘的庚會處理。」奴勒麗補上一句：「如果搞事不賠的，電話直接按七找管區。」

褚冥漾看著剛剛整理的花盤，心中怕爆。

06. 小小的願望

雪野千冬歲，十六歲，原校直升學生。

家族從事宗教行業，卜卦算命風水占星樣樣精通，說得出來的家族都有涉足，說不出來的家族還是有涉足，在政商圈裡知名度高，據聞某些巨擘龍頭的背後都有他們的影子，有些重大決定還會特地向他們家族請教，可謂是舉足輕重的奇特存在。

身處於中心直系家族、目前掌權人的親生兒子，也是呼聲最高的下一代繼承人，從小到大他接受的就是各種菁英教育，很少與外人接觸，直到母親希望他可以像一般小孩一樣好好地享受校園生活與結識同學朋友，才力排眾議地讓他進入學校。

即便如此，也少不了每日課後各種私人課程、補習等等的安排，從睜眼到閉眼都在學習。

開學那天，他直升的同班朋友遞給他餐廳廣告後，他突然興起了一個念頭。

「千冬歲吃晚飯！」

第一天正式工作結束後，千冬歲才剛踏入休息室就看見同班好友米可蕥露出大大的笑容，朝他與另外一位同班同學招手。

「你好，我是褚冥漾。」同班同學有點不自然地朝他微笑，看來是很怕生的類型，不過剛才實習時，千冬歲發現對方很謹慎，雖然不太熟練不過態度良好，很認眞想做好這份工作。

「雪野千冬歲。」他朝對方點點頭，並不討厭這種人，反而因爲對方沒什麼心機，單純到有點小笨拙，給他的第一印象不錯。「很巧剛好大家都是同班，以後也請多多指教。」

同班同學露出受寵若驚的笑容。「請多多指教！」

經過許可，三人的晚餐就在二樓沒有營業的空間使用，米可蕥做了海鮮燉飯與濃湯，邊吃邊討論起學校的趣事與功課。

不久後，話題果然還是轉回來打工的心得。

「漾漾這兩天實習下來有什麼感想呢？」一直熱絡帶領聊天的米可蕥歪著腦袋，精緻的五官對著他們兩人比較不熟的新同學，好奇地詢問。

「呃……好緊張。」褚冥漾一晚上小心翼翼地端著各種碗盤，尤其知道裡面會出現ＳＳ級碗盤後，他就更加小心了，這輩子大概沒有這麼認眞端過盤子，給他媽媽看見可能還會被嘖嘖稱奇。「原來打工這麼辛苦，我看我姊好像很輕鬆，是我錯了。」

「喵喵倒是認爲內場很有趣的呦，能學到好多東西。」米可蕥對於不用面對一堆怪人的廚房感到很滿意，她轉進廚房前也待過一陣子外場，不得不說外場眞的是個鍛鍊ＥＱ的修羅場，要面對千百種妖魔鬼怪，沒靜心好好修練眞的不行。「千冬歲覺得呢？」

「我覺得家族業務說不定能夠在服務業大賣，弄個小人會衰平價組什麼的，符合大眾需求。」千冬歲認眞想了下，配合這兩天所見所知，深深認爲說不定可以讓旁系的打小人業務出一個套組，服務人員合購買十送一之類的，可以讓今日嘴秋的澳洲客人在明日被門夾到，將對方發出的惡意反彈回己身上。

這種小小惡念衍生的東西最好賣了，光看世面上流通的商品有成千上萬種就知道。不過他家自產經過加持，肯定效果非凡。

「等等，千冬歲家的東西先不要。」米可蕥連忙搖頭。

「？」褚冥漾一臉疑惑。

「千冬歲家族歷代裡有好幾個人當過國師，還有政壇大佬的風水師、打電動會出現那種陰陽師之類的……奧客眞的會被打小人。」米可蕥很誠懇地看著新朋友，希望對方可以知道她是講眞的。

「……」奧客眞的被打小人不好嗎？難道以前賣那種打小人、防小人的店家都是假的？褚冥漾一時半刻不知道要怎麼回應，只好看著無比認眞的兩位同學，回答：「我覺得如果眞的有用就很棒啊，學姊就不用拿盤子給客人摔了。」聽起來打小人商品的成本還比較低。

「對吧，那種小跌倒或是被路過車輛輾到的水坑潑到之類的還可以，走出餐廳門後在路口滑倒也不錯。」千冬歲喝了口濃湯，腦內立刻出現數十種不同的返咒，從裡面一一挑選最適合用在平價商品的類型。「爲了身心健康，外場應該都買一個，還有惡言退散款。」

「還有小孩要乖款。」褚冥漾很認眞地幫忙想需要的類別。

「喵喵希望有餐點不要亂點款。」米可蕥想起一大堆奇奇怪怪的點餐單。

聊了好一會兒後，話題終於從打小人上面飄離。

「可惜萊恩是在另外一個地方打工，不然我們就可以一起在這裡工讀了。」想起了另一位朋友，米可蕥嘟起嘴。「千冬歲你怎麼沒找萊恩一起來呢。」

「我是看見妳遞的折價券才起意的，還沒告訴萊恩這件事情。」千冬歲聳聳肩。

米可蕥注意到另外一位夥伴狀況外，連忙說道：「我們還有一個朋友，我們三人是一起從國中直升的，認識好幾年了，叫作萊恩呦。」

褚冥漾點點頭，仔細一想，這位雪野同學確實上下課時旁邊都還有位同學同進同出，只是自己沒太大的印象。他會很快認出千冬歲還是因爲對方很突出，開學第一天就跟老師抬槓，接著兩天上課都會在課堂提出各種犀利疑問，是相當厲害的資優生，不注意都不行。

「萊恩在親戚家的公司打工，明天我再告訴他。」千冬歲這幾天因爲要排除家族的異議，所以精神沒放在學校上，原本打算等工作穩定後才告訴友人。

「那千冬歲要一起加入推廣學長後援會嗎！可以從餐廳開始！」米可蕥握住雙手，眼神閃閃發亮。

「不，謝謝。」千冬歲冷酷地回絕。

什麼鬼東西眞是！

吃飽晚餐，千冬歲幾人整理好桌面，把餐具清整收拾好，各自準備回家。

因爲是自己要出來打工，所以他拒絕了家族司機接送，與兩位朋友一起走向公車站牌，這也算是滿新鮮的體驗，他這輩子沒什麼搭公車的機會，前兩天還是第一次踏上大眾運輸工具，幸好沒有遇到什麼暗殺事故。

說起來，政商間的暗殺應該不至於往餐廳裡面來吧？

千冬歲認眞想了想，決定一切隨緣。

「漾漾有想過第一份打工薪水要怎麼用嗎?」路燈下，米可蕥望著新朋友，詢問著大家打工後都會有的新煩惱。「喵喵拿到第一份薪水時，買了一個很好吃很好吃的蛋糕喔!」

「呃……還沒有想到。」因爲盛世美顏進入工讀的褚冥漾沒敢說出自己的起點，被這麼一問才想到還有個薪水問題。餐廳給的工讀薪水其實滿優渥的，第一次打工的他聽到學長說明後，覺得是一筆鉅款。「總之……先請爸媽和我姊一起吃一頓飯吧。」

他記得自己姊姊開始打工時，第一份薪水就是全家一起吃大餐，所以他拿到薪水後，也想請全家吃大餐，當然是在現在打工的餐廳，東西眞的好好吃，希望全家可以在這好好吃一頓。

「千冬歲呢?」褚冥漾轉向今天認識的新朋友。

「這不是千冬歲第一份薪水啦，千冬歲應該已經買過好多東西了。」米可蕥偏著頭，想想，開口說道：「千冬歲一直有在家族裡工作的，說起來，千冬歲應該不缺錢呀，怎麼會想到來打工呢?喵喵看到你的時候也好驚訝。」

雪野家的連鎖企業並不亞於米可蕥的家族，從小到大培養的接班人當然也參與了各種企劃或者活動，接觸的人更與普通族人不同。

所以米可蕥挺意外對方會跑來這種餐飲店打工，又不是如她一樣喜歡學長和廚房，想要學做好多好吃的東西。

「體驗平凡人的生活吧。」千冬歲淡淡地開口：「而且我有個哥哥……」

「嗯？」褚冥漾好奇地看著停下話語的友人。

「沒什麼，我想說從現在開始打工的話，下次我哥生日，剛好可以買個生日禮物給他。」

千冬歲露出微笑，與友人們一起在公車站停步。「不過領到薪水的話，不如我們約一天一起去看電影？順帶找萊恩一起。」

「好啊好啊！喵喵最喜歡大家一起出來玩了！」米可蕥立刻高興地拍手。「剛好下個月有新片喔！大家可以一起看電影一起吃飯。」

「好啊。」褚冥漾雖然有些意外，不過也很開心同學的邀約。

公車陸陸續續到來，千冬歲的班次比較晚，所以他先目送兩位朋友上車，又等了一會兒，才看見遠方的車輛逐漸靠站。

千冬歲踏上車梯，刷了新買的悠遊卡。

已過了放學下班的尖峰時間，公車上的人比較零散，大多數位子都還空著，他便選了後面靠窗的位子，聽著車內巨大的噪音，看著外頭街店燈光與廣告招牌掠過，腦袋放空了一會兒，再度響起剛剛兩位朋友的問題。

為什麼會打工呢？

這是他一個很小很小的願望。

他有個同父異母的哥哥，早年父親離婚後哥哥就和母親一起離開了，他一直帶有歉疚，覺得自己的母親害得人家離婚，即使母親其實與哥哥的母親熟識且交好。

逢年過節時，父親會讓下屬備禮物去給阿姨和哥哥，但是全都被退回來……他嘗試過好幾次在兄長生日時寄禮物過去，但是連包裝紙都沒有撕開，被完好退回。

米可蕥遞來餐廳廣告單那天，他突然想到，是不是因爲家族的關係，所以哥哥那邊不願意接受？以爲是什麼看低他們的補償？

如果他不要用家族的關係，自己出來打工賺錢呢？完完全全就是自己靠勞力賺來的錢，沒有動用家族的關係和力量，完全與之不相干。

說不定哥哥願意收。

即使沒什麼邏輯，也不一定眞的會被對方收下，千冬歲還是踏進餐廳裡應徵。

總是得試試看吧，他這麼想著。

說不定，這個小小願望能實現呢？

《晝夜循環》未完待續

晝夜循環小劇場

腳本／護玄
繪／紅麟

外場　王牌

點餐請適量，不要衝動消費

通吃

身為王牌，男女通吃什麼的最正常不過了

成本

主廚們經常會開發新菜單讓大家試吃。
試吃ING～
這次是平價家庭套餐！兼顧營養與有機自然食材！
各位覺得如何？
雞肉好吃
甜點好好吃
都還不錯
是不錯吃，但……
駁回！
會計說你的材料費爆錶了。
可惡！

理想與現實成本往往是衝突的

模樣？

我們還有另一個朋友，我們是三個人一起從國中直升的……
……
叫作萊恩喲！
所以到底長什麼樣子啊啊啊啊啊啊啊啊！

完全想不起來謎之同學的樣子

第一次打工

雪野千冬歲，生平第一次在凡塵人間打工。
查公車表
……
少主！就讓我們隨行吧！
跟過來的全部咒殺~

少主在外面迷路跌倒怎麼辦？

打工當天

你們就不能做蛋花湯不要有蛋嗎？蛋花湯去個蛋有這麼困難嗎？我想要的湯就是去了蛋的蛋花湯，
這樣有很難理解嗎……
什麼！？你們不賣蛋花湯？那就把濃湯的麵粉篩掉然後不要加蛋啊！這還要我教嗎？
我的海鮮主餐要用三個盤子分裝，可以裝美一點嗎？最好分開的蔬果配菜都可以另外雕花，
這樣才能方便我打卡拍照啊，服務客人不是應該要幫我們裝好嗎？
……
下班在休息室
果然還是直接咒殺好了。
等等！先等等！
打什麼小人浪費時間

生命付費

TO BE CONTINUED ★

特殊傳說 III THE UNIQUE LEGEND

特典 DAY ∞ NIGHT 晝夜循環 03

作者／護玄
插畫／紅麟
出版社／蓋亞文化有限公司
地址◎ 台北市103承德路二段75巷35號1樓
電話◎（02）25585438　傳眞◎（02）25585439
部落格◎ gaeabooks.pixnet.net/blog
臉書◎ www.facebook.com/Gaeabooks
電子信箱◎ gaea@gaeabooks.com.tw
郵撥帳號◎ 19769541　戶名：蓋亞文化有限公司
法律顧問／宇達經貿法律事務所
出版／2021年8月
Printed in Taiwan

GAEA

Gaea

Gaea

The Unique Legend
vol. 03
特殊傳說 III
護玄 著

特殊傳說 III

vol. 03

目錄

特殊傳說III

THE UNIQUE LEGEND

人物介紹

Atlantis 學院

姓名：褚冥漾（漾漾）
種族：妖師
班級：高中三年級C部
個性：平時有些被動，但堅毅善良。對各種事物很常在腦內吐槽。
喜好：好吃的食物
身分：凡斯先天力量繼承者

姓名：颯彌亞・伊沐洛・巴瑟蘭（冰炎）
種族：精靈、獸王族混血
班級：大學一年級A部
個性：凶暴、謹慎。
喜好：書、睡
身分：黑袍、冰牙族三王子獨子

其他

姓名：米納斯妲利亞
種族：？
個性：冷靜睿智，在守護主人上極具耐心與溫柔。
喜好：教化另一個幻武兵器
身分：褚冥漾的幻武兵器之一

姓名：希克斯洛利西（魔龍）
種族：妖魔
個性：直爽嘴賤，喜歡有趣的人事物。
喜好：？
身分：褚冥漾的幻武兵器之一

姓名：雪野千冬歲
種族：人類
班級：高中三年級C部
個性：有點自傲，只對自己承認的人友善。
喜好：書、朋友、哥哥
身分：情報班

姓名：萊恩·史凱爾
種族：人類
班級：高中三年級C部
個性：性格沉穩，日常瑣事上很隨意。
喜好：飯糰、飯糰、飯糰
身分：白袍

姓名：藥師寺夏碎
種族：人類
班級：大學一年級A部
個性：溫柔鄰家大哥哥，但其實個性淡泊，
　　　不太喜歡與人深交。
喜好：養小亭、研究術法與茶水點心
身分：紫袍

姓名：西瑞·羅耶伊亞（五色雞頭）
種族：獸王族
班級：高中三年級C部
個性：爽朗、自我中心，一根筋通到底。
喜好：打架、各種鄉土戲劇與影片
身分：殺手一族

姓名：米可蕥（喵喵）
種族：鳳凰族
班級：高中三年級C部
個性：善良體貼，人緣極佳。
喜好：喜歡學長、烹飪、小動物，以及很多
　　　朋友。
身分：醫療班

姓名：哈維恩
種族：夜妖精
班級：聯研部 第三年
個性：嚴肅，對忠誠的事物認真負責，厭惡腦殘白色種族。
喜好：術法研究、學習
身分：沉默森林菁英武士

姓名：式青（色馬）
種族：獨角獸
個性：美人希望是怎樣就怎樣！
喜好：大美人小美人
身分：孤島遺民

姓名：殊那律恩
種族：鬼族
個性：安靜少言，偶爾會隨意地捉弄人。
喜好：術法鑽研
身分：獄界鬼王

姓名：深
種族：無
個性：沉穩，堅毅寡言。
喜好：百靈鳥、黑王、毀滅世界
身分：陰影

姓名：褚冥玥
種族：妖師
班級：七陵學院附屬假日研修生
個性：冷靜幹練，氣勢強悍。
喜好：逛街、漂亮的飾品
身分：凡斯後天能力繼承者、紫袍巡司

第一話　生或死

白燈籠燃起火焰，血般的烈紅瞬間將脆弱的媒介吞噬。

千冬歲緊緊地抱著夏碎學長，鮮血將他們兩人身上的衣物都染紅了，像是在暗喻外散的生命無法挽救。

我回過頭，看見水面上開出一朵朵火焰組成的紅蓮，整座祭龍潭溫度上升到可怕的地步，雖然神社本身似乎存在某種保護術法所以暫時隔離了高溫，但結界與建築物仍被強悍恐怖的力量壓得發出聲響，瀕臨破碎邊緣。

喵喵與萊恩護在千冬歲和他哥身邊，已把夏碎學長交給他弟的學長則是站在所有人身前，持著幻武踏上剛才千冬歲放置祭品的平台前方，冷冷地看著火蓮裡慢慢拱出的烈焰身影。

因爲力量過強，本體無法應召而來，只能以火焰組成形體，居高臨下地看著我們，帶著炎熱且肅殺的戾氣。

「召請本座的奉神者何在？」

隨著聽不出男女的低沉聲音傳來，恐怖的壓力再次平壓而下，不是那種單點施力，而是由上方整片的全面重壓，整座神社發出搖搖欲墜的慘烈吼叫，宣告下秒解體都不奇怪了。

學長原本大概想要說點什麼，但後面的千冬歲先有動作，他橫抱起已昏過去沒有意識的夏碎學長，踏著沉重的步伐向前，小心翼翼又輕巧地把人放到了平台中心，深怕將他哥碰醒，動作溫柔到不行，直到將人安置好，才退開兩步跪伏在平台前。

這可能是他這輩子姿態最低的時候了，雙手貼在地面、額頭抵在冰冷的建材，失去了平日所有驕傲，只剩下無助和請求。

「……」

紅色的人影注視著夏碎學長，似乎看著胸口那些停不下來的血，沉默了幾秒。「禍印還是下手了嗎。」

「紅龍王知道雪野家主與其龍神主做過什麼嗎。」頂著恐怖壓力，學長咬著牙向高處的人影發問：「遮蓋夏碎命盤的人，是當代族長的龍神嗎？」

「放肆！小輩何以敢對本座有質問之聲！」紅影低叱了句，旁邊的一朵紅蓮整個爆開，劇烈的火焰彷彿讓人滅頂地往神社捲來。

其實這時候的學長大概也是又氣又難過到了極點，居然一反以往會對某些存在表現出恭敬的態度，幻武一轉，火焰槓上般直接炸過去，後頭跟著一圈冰霜，一紅一白像兩條蛇，毫不畏懼地直撲攻擊。

紅龍王大概沒想到這個連祂年紀零頭不到的小孩居然敢還手，就看到滔天的烈火和兩股力量正面碰撞，炸了個轟天響，整個祭龍潭都開始晃動，神社發出加速奔向毀滅的搖晃聲，不少壁面雕刻直接被毀，大量落石崩落粉碎，生生地下起碎石雨。

我連忙抓住學長的手，眞的很怕他在這裡和紅龍王打起來。先別說打不打得過，現在夏碎學長狀況危急，等他們打完屍體都涼了啊啊啊！

學長看了我一眼，把我甩開，不過倒是把長槍收回，斂去那身戾氣。

這場衝突眨眼結束，劇烈的震動在力量釋放後趨緩，紅龍王嗤了聲，沒和學長計較，重新把注意力放回夏碎學長與始終維持著相同姿勢的千冬歲身上。「九鴆目的後裔，爾等前來進行神祭嗎？」

千冬歲慢慢抬起頭，眼淚早已停止，紅通通的眼睛極爲堅毅，清澈筆直地看著紅影。「不，我想獻身於祭龍潭，將我的血肉靈魂供於奉神台前。」

「歲！」萊恩露出罕見的驚慌神色，衝過來一把抓住千冬歲的肩膀。

「喔？所求為何？」顯然沒打算搭理其他人，紅龍王繼續問。

「只求紅龍王的奉神者此生無憂。」千冬歲沒有轉向萊恩，只異常冷靜地看著高高在上的龍神，一字一句清清楚楚說道：「願把我的所有，換取藥師寺夏碎的一世平安。」

「……有趣，你可知本座的奉神者與本座締結連繫時，所求為何？」並沒有立即答應千冬歲的祈求，紅龍王反倒拋出另個問題。

千冬歲愣了愣，反射性看向他哥，但夏碎學長就像安穩沉睡般，閉上眼的平和面孔沒給他任何回應，平台上已積出一小灘血水，折射著妖媚的火光。「我、我不知道……不想知道。」

他的聲音有點發顫，其實我覺得他應該是不敢知道，很怕夏碎學長還做了許多讓他難以承受的事情，會摧毀他最後維持的理智，徹底讓他崩潰不想面對整個世界。

紅龍王也沒有給予答案，幻影又看了會兒夏碎學長，莫名給我一種祂正在盯著邪神印記看的感覺。

這時候萊恩突然在千冬歲旁邊砰的聲跪下來，與他的搭檔並肩，背脊挺得筆直，毫不畏懼地直視紅龍王。「我祈求一起獻祭，為雪野千冬歲分攤代價，至少讓他留下足以與夏碎學長同行的壽命。」

「我也祈求一起獻祭！」喵喵立即在千冬歲另一邊跪下，與男性相比嬌小許多的身體還隱隱顫抖著，但聲音卻很堅決：「我願意一同分擔獻祭，求求您讓千冬歲和夏碎學長至少可以像普通人類一樣活著。」

我走過去，坦然地跪在萊恩旁邊。「我也祈求一起獻祭，只求他們都完好。」

學長二話不說，就在我旁邊跪下來。「想拿什麼就拿什麼，讓他們兩個都活著。」

紅龍王冷笑了聲，掃視我們這些跪了一排的人，語氣倒是有點看戲般帶著戲謔。「爾等小輩以爲本座這裡是玩那套交易把戲的地方嗎？你們有那分量嗎？」

這是在暗示我們去找黑山君比較快嗎？

我有點疑惑。

「光我就很足夠交換他們的生命吧。」學長皺起眉，沒有像剛剛那樣動怒，有點疑惑地開口：「我的時間與生命只換普通人兩條性命，不傷其他人，很足夠了。」

如果不是因爲時間地點不對，我眞想給旁邊的學長一個肘擊，可以平攤的時候他是在那邊自己單扛個屁！

「你怎麼會認爲你能夠負擔起他們兩人的歷史？」紅龍王大概還有點記恨剛剛學長槓他，無視我們的焦慮，悠悠哉哉地回應：「甦醒的血脈、原始的責任，說不定你的生命還不夠補足……未被察覺的傳承總有著出乎意料之外的驚喜，例如旁邊那妖師小子，不是嗎。」

「他們……」學長愣了愣，猛地轉看夏碎學長和千冬歲的方向。

「你還認為你們光憑生命可以直接交換嗎？」紅龍王似乎知道學長聽懂祂的意思，再次挑釁意味濃厚地笑了聲。

……然而我不懂，這又是在搞哪齣？

「那麼龍王大人就幫幫他們呀。」

這句話不是我們幾個人說的，猛然驚覺有個不明存在出現，我們紛紛回過頭，看見神社入口站了一名粉黃洋裝的少女，大約十二、三歲的模樣，白皙粉嫩的臉有點圓圓的相當可愛，一雙綠色的眼睛靈巧眨動著，無論頂上的壓力或龍神幻影的現身都沒有讓她有恐懼反應，而是輕輕鬆鬆好像來玩一樣地開口：「姊姊說紅龍王大人能眼睜睜看著自己的奉神者被外來的邪神玷污而不動作嗎？這可就丟面子了，那邪神給自己安了誰聽見都會發笑的怪名，印記打在奉神者身上都送到您面前了，紅龍王大人真要放著不管嗎？哎呀……還在流血呢，您的奉神者可真被許多人污穢，您這擁有者竟然不生氣呀？」

「朔日姬……宿雨把妳送進來說廢話的嗎？當心本座把妳捏回原形。」火色幻影沒有發飆，周邊的紅蓮仍靜靜燃燒著，大概是日式神社風景加成，居然有種詭異的綺麗美感。

少女嘟起嘴巴唔了聲，神情浮現委屈。「明明小夏碎是人家先看上的，人家還想找他玩呢，可是姊姊喜歡他，紅龍王大人還悄悄地與他訂了神契，人家搶不過啦，你們這些大神都這麼壞，怎麼就不去壞外人呢。小神市替你們準備好了，祭龍潭這種力量不穩的地方快被您的怒火弄崩了，換個地方吧？」

即使是我，這下子也聽出少女是來幫我們的，更何況還提到宿雨，連忙朝千冬歲使眼色，希望他這次可以連結到我的默契電波。

可惜電波被攔截了，先開口的依舊是學長，他直接朝紅龍王說：「不知道紅龍王是否可以傳遞給雪野一族的起始神祖——九鳩目閣下這樣的消息：邪神引動墮神族，現在已經在雪野本家裡作祟。」

「您看看，打臉都打到家門裡了。」少女立刻接過話頭：「還有黑龍王大人的臉也被打了，您看看這印記都蓋到您的奉神者臉上，這位可是黑龍王奉神者的兄長呢，這下子大家臉都丟大了。堂堂紅龍王與黑龍王兩位巨大存在，龍神境的十位長神之二，結果奉神者們被蓋印蓋著玩呢，百年難得一見哪。」

「……小朔日，宿雨要妳來搗蛋的吧，九鳩目最後去了哪裡妳不知道嗎。」紅龍王氣笑了，一揮手，大半紅蓮都熄了，壓力也瞬間銳減。「別以為誰都沒做事，禍印和他的奉神者現在才動手，他們得感謝黑龍，要不是黑龍先壓制禍印不讓他的奉神者召請，怕是這些小輩的命早就都沒了。」

我和學長對看了眼，聽出了紅龍王有幫助我們的意思，連忙更規矩地跪好，表現自己真誠無比。

果然下一秒紅龍王就開口：「罷了，本座就和你們走一遭小神市，狼神那鬼東西朝這裡直奔，這個祭龍潭怕是連祂的一縷力量都擋不住。」

「那就各位請往這邊來吧。」朔日姬笑吟吟地抬起手，她身後出現模糊的鳥居影子。「我與紅龍王大人隨後就到。」

※

千冬歲依然揹著夏碎學長沉默地向前行走。

這次他連話都不說，安靜得很可怕。

從進入祭龍潭之後他再也不肯讓別人揹他哥，好像決心想要就這樣一起走完最後一程，不管會不會被邪神碎片影響都不在乎了。

我看著他染紅的衣服，不敢打破這份靜默，萊恩和喵喵都守在他們旁邊，於是我只能看看面無表情的學長，有種不知該從哪裡幫忙比較好的感覺。

大概注意到我有點無措，學長搖搖頭，沒有其他表示。

走至路盡，迎接我們的是上次遇見宿雨的小神市。說眞的，我沒有想過會二度踏上這個地方，建築物還是原本的樣子，但已空無一人，先前那些熱鬧的靈體一個也沒有留下，整座小神市充滿了怪異的氣氛，有種說不出的氣壓環繞在黑暗的夜空上，慢慢盤旋著。

似乎認得這裡的路，千冬歲沒有停下腳步也沒有遲疑，走在小神市中一路穿過街市，直直到達一座神社前才猛地停止。

跟著看過去，乍看之下我覺得神社門口的設計有點詭異，除了主要通道以外，兩邊竟各有一條以鳥居延伸出去的路，而且沿路整片黑暗看不出會連接到哪裡，不管哪條都充斥著「要死要死」的氣氛。

「你們把小夏碎留在這裡就可以囉。」朔日姬的聲音從神社裡傳來，少女揹著手，笑吟吟地從裡頭漫步走出站在神社台階上，俯瞰著我們，最後目光停留在千冬歲身上：「雪野家的少主方才不是想獻祭嗎，那麼宿雨姊姊想看看你的決心，你眞的願意賭上未來所有的可能性？那些人類遠不可及、對你而言卻有極大機率可以跨越的神之邊境？要知道進入神界可是許多人類的夢想喔？」

「命就在這裡，你們拿去，我不會有怨恨也不會留戀。」千冬歲打破沉默，堅定地開口：「我只求能讓我哥無憂無災好好活完一生。」

「這可眞難呢，要知道即使是沒有力量的人類，或是一隻可愛的小鳥、一根小草，都是不可能無憂無災地活完一生。」朔日姬微笑著，卻吐出很殘酷的話：「生命是用碎片組成的，完整出生然後破碎，混合了其他碎片又被捏揉成一片，不斷重複著並活下去，直到死亡消散。連至上存在都有被銷毀的一天，你就沒想過或許自己踏入神的境界後再守護小夏碎？在你活著的有生之日，或許他眞的會無憂無災，即使他現在死了，你未來還是可以藉由神力拾回他的靈魂，像那孩子手上的時間種族一樣埋入夢境裡，他就再也不會有任何痛苦。說到底，你們雪野一族的盤算對你的願望來說，也不是壞事呀，你要成爲神子，決定小夏碎命運的力量就在你手上，這麼一想，他死不死對你而言又有什麼好痛苦呢，最終你們還是能永遠在一起，用任何你想要的方式。」

「……我捨不得。」千冬歲低下頭，聲音滿溢著無法形容的疼。「我不想我哥這樣死去，就算僥倖踏進界線，我也沒辦法接受我哥用這種方式死在我面前，如果是這樣，我寧可放棄一切，這個檻我跨不過去。」

朔日姬聳聳肩，似乎很難理解千冬歲的痛苦與糾結。「人類眞是千百種自尋苦，你捨不得，卻還是終有一天必須捨得，而且那時間不會太遠，到時候就能捨得了嗎？只是掙回短短的眨眼片刻，付出你己身成爲人們渴望接觸力量的代價，那眞的値得嗎？最終不是依然得爲了分離而哭泣？況且到時候，小夏碎醒來看你與你這些朋友獻祭了，就算不死也會毀去能力、血肉，他就會一點芥蒂都沒有地好好享受完餘生嗎？」

「……」千冬歲沒有回話，只是搖頭，再次說道：「無論如何，我只希望我哥活著。」

「冥頑不靈。」朔日姬彎起唇角，露出很可愛的天眞表情，伸出短短的手指朝向右邊的黑色通道：「這是宿雨姊姊替你準備的神祭之徑，生之門戶。你只要帶著小夏碎進入這條路，讓他成爲你的替身完成他的宿命，宿雨姊姊會輔助你們完成神祭，屆時你踏入神界成爲神子，就可以把小夏碎的靈魂從幽冥帶回來了，想讓他重新輪迴或是永遠帶著都可以。」

千冬歲揹著他哥退後兩步，一臉敵意警戒。

沒將對方的反應放在眼裡，朔日姬指向左邊：「這條呢，是紅龍王大人替你準備的獻祭之徑，死之門戶。如果你眞有你說的那麼灑脫果斷，願意放棄一切，那就把小夏碎放在這裡，往獻祭的路上去吧，只要你走至終點完成獻祭，紅龍王大人自然會完成你的心願，讓小夏碎回歸凡人，什麼都不記得，如同凡人一樣在普通的人類居所生活，也就是你們所謂的原世界，同時斷去和家族的所有淵源、牽扯，不再有人煩他。是不是很幸福呢？」

「你們說話算話。」千冬歲淡淡地開口，然後上前兩步輕輕地放下夏碎學長。

「歲！」萊恩這時終於忍不住上前，抓住搭檔的手臂：「一起去。」

「這可不行，無論是哪條試煉，都是他自己的事情。」朔日姬看著萊恩：「哪怕你想用生命鋪路都不能介入。當然那邊的幼鳳凰、妖師、混血精靈都同樣，沒有人可以幫他，試煉是必須自己走完的，死在半路也是他的事。」

「不……」

「萊恩。」千冬歲輕輕拍了拍友人的手，露出平淡又充滿歉意的笑容：「那是我哥，你明白的，我早做好準備要把命還給他，我無法踩著他的生命過完下半輩子。」

萊恩深深看著千冬歲，半晌後開口：「我會很生氣，非常非常生氣，永遠不會原諒你。」

「很抱歉，但我希望你能找到更好的搭檔，不要像我這樣混蛋……你一定要去找。」千冬歲終究是把萊恩的手移開，然後抱了抱自己的搭檔。接著視線放到哭得一塌糊塗的喵喵和我們身上：「我哥就拜託你們多加照顧了，這幾年認識你們眞好，幸好有進入學院，這輩子最開心的就是和大家玩在一起，都不用預設會被捅一刀或是和誰動用心機，你們眞的都是好朋友。」

「……別開玩笑了。」我看著好像在交代後事的千冬歲，就想給他一拳，「我很想說服你把夏碎學長交給黑王，你們一起活下來。」

「這也是條路，可是我和我哥都會痛苦。」千冬歲走過來拍拍我的肩膀，那笑臉看得我很心酸。「我的希望一直都很簡單，不要再揹負什麼責任、好好活著就好，我捨不得我哥成爲鬼族，獄界那種地方太不適合他了，光想都受不了。」

我當然知道，否則千冬歲早就開口請求。曾經被污染過的夏碎學長會扭曲得比誰都快、順利，眨眼便成爲獄界的一員。

「你不要去死……喵喵可以把自己燒死，將生命換給夏碎學長，雖然喵喵還沒經過成年試煉，但是鳳凰血可以……」喵喵大哭著，話沒說完就用力抱住千冬歲。「不要！人家不要誰死掉！」

千冬歲拍拍喵喵的背，只是笑著沒說什麼。

「謝謝你們。」

最終我們還是必須目送千冬歲選那條獻祭死路。

我一直覺得到現在爲止我的力量已經足夠能做點什麼，但是在面臨生死時，卻又什麼也做不了。

有時候力量越強，越會覺得自己更沒用。

黑暗將千冬歲最後的背影吞噬。

「好了，別捨不得了，既然他選擇獻祭交換，那你們也不能浪費他的命呀。」朔日姬的聲音再次響起，不合時宜的笑彷彿沒有看見我們幾個人沉重的氣氛和悲傷，自顧自地開口：「把小夏碎帶進神社吧，活著的人總是得繼續向前走不是嗎。」

我看著一臉粉嫩卻說著風涼話的女孩，莫名興起一股想揍她的衝動。

學長倒是沒說什麼，走上前抱起夏碎學長，邁開步伐跟在朔日姬後面走入大神社。

萊恩回過頭，看不出什麼表情，緊握拳頭直接跟上學長，喵喵立即抹著臉追上去。而我再次看著逐漸消失的鳥居，咬牙踏入神社當中。

神社從外面看時雖然已經不算小，不過進到裡面後發現果然還是用了空間術法，內部大得根本和體育館有得比，遙遠的盡頭處可以看見幾個大大小小的座位，最大的有幾層樓高，小的差不多正常人款，不過有的比較上有的比較下，分成了三層，已經有幾個巨人般的幻影坐在上頭，仿如王者之座。

走近之後我發現先前在小神市遇到的宿雨就坐在第三層，也是最下方的位子，身邊有幾個空位，帶著微笑望向我。第二層盤據帶著熱炎的火龍，側邊是沒看過的白色模糊影子，最上方的第一層只有一個最大的座椅，上頭是我們相當熟悉的身影——狼神。

巨大的狼神身前飄浮著瞳狼2.0的身影，青年飄下高位來到我們身邊，低頭凝視著夏碎半晌，指指旁邊的祭台讓學長把人放上去。

「已經侵蝕靈魂了嗎……晚一步，本座已經盡快返回六界。」瞳狼在夏碎學長額心一點，看著胸口的血稍微停止，頓了幾秒，飄回高位上，慵懶地往下方的幾人……幾神斜眼。「怎麼說這也算是我們燄之谷的人，龍族若不介意，本座就殺進龍神境把原凶屠個爽，或是你們把始作俑者交出來，讓我們殺個爽。」

「你當龍神境是你們狼族想來就來的地方嗎！」火龍噴了口火焰，不過在到達狼神前就散化，一點也傷不了對方。

「說不定還眞的是，龍神境也不過在神界，本座想進去還是可以進去的。」瞳狼戲謔地一笑，連身後山高般的大狼幻影嘴角都跟著咧出譏諷的弧度，從高處俯瞰下方的龍，那表情說有多嘲諷就有多嘲諷。

「你——！」

「哎呀，兩位大人別吵了，小神市撐不起兩位的一擊呢，都是嚇死人的存在，何必在這小地方狗咬狗。」宿雨優優雅雅地抬起袖子遮著半張臉，望著上方兩尊巨大的神體幻影。「請您們到這裡來，是要說說由誰出手處理那自稱神的東西，小孩們都在等呢。」

「受創的是我們雪谷地巫子，當由雪谷地介入。」白色模糊影子說道。

「小孩還流著我們龍族的血，是本座的奉神者。」火龍噴了句。

「屁，你們放著人不管那麼多年，他和本座族人同掛名燄之谷。」狼神也不客氣地往兩神爆過去。

……

所以說這是什麼狀況？

我看著上面有點爭執起來的三神，無法理解這莫名的局面。

「因為可以合理地介入守世界，祂們都想出手。」學長冷冷地開口，表情大概介於看智障和不得不敬仰這些存在之間，也有可能是在看至高存在的智障：「邪神打破規則，現身六界，有確切的證據，所以擁有出手權的那方可以進行追捕戰。龍神們屬神界、狼神遠在六界外，正常是不能插手自由世界的歷史。」

「可是邪神不是逃了嗎？」我想了想，那些小灰影都逃竄得很快，不然就是穿梭在夢境、精神裡，怎麼有證據了？

「不，抓到一個。」學長轉過頭，看了我一眼：「海上組織的船上，我們到達前已經有駐守船體的黑袍去攔截第一波來襲擊的黑術師與邪神碎片，只是傷亡嚴重沒來得及返回船上，沒想到有另外一批，正好讓我們銜接了後續攻勢。」

「……所以祂們現在正在爭的是誰可以去扁邪神？」我皺起眉，見學長點點頭，突然有股怒火冒出來。

夏碎學長和千冬歲這麼痛苦，沒想到在這些神眼裡都只是小事嗎？

確實，或許兩人的性命對祂們這些力量強大的至上存在不過就像螞蟻一樣，不如追擊邪神重要，祂們甚至可以旁觀著夏碎學長的生命繼續流逝。

「小孩，別出聲。」朔日姬擋在我面前，不贊同地搖頭。

「我們身為人的生命就得這麼卑微嗎？」我咬牙看了眼夏碎學長，他的臉色已經蒼白得像雪一樣，連氣息都微弱到幾乎沒有。

「不是卑微。」朔日姬回道：「是對於力量高到一個層次的存在而言，微不足道。或許祂們會因為某些掛念而回來，但也僅僅是一縷念，消失了也不會對祂們造成影響。」

「那祂們就不要回來！」

我這句話差不多是用吼的吼出來了，連朔日姬都來不及摀住我的嘴巴，整個神社瞬間陷入一片死亡寧靜，本來吵吵鬧鬧的幾名神座全都安靜下來。

下一秒，熊熊烈焰從我身邊爆開，我還沒反應過來，冰霜和另一道火焰轉繞在我周圍，擋下差點把我燒成灰的襲擊。

「小妖師，衝動了。」宿雨看著我，嘆口氣。

「你幫本座擦骨頭時還沒學會乖乖關好腦袋嗎。」瞳狼懶懶地看過來，收回了保護我的火焰。

我身邊傳出聲響，回頭猛地就看見學長半跪在地，手上出現大量銀色紋路還有被燒灼的傷勢，顯然幫我擋下的冰霜是他的，但因爲力量不足被反噬。喵喵急忙蹲在旁邊幫忙治療，很害怕地看著想把我宰掉的火龍。

萊恩把我拉到他身後護著，就怕紅龍王又噴個烈焰過來。

「妖師的小子，你想法很多。」紅龍王用危險的目光凝視我半晌，戾氣沸騰地開口：「還有什麼話，帶種就一併說吧。」

這次連朔日姬都連忙對我大肆搖頭了。

不能說嗎？

我笑了。

「千冬歲都已經獻祭給祢們了，救不救夏碎學長這件事對祢們而言應該也是輕而易舉，既然收下千冬歲的命，祢們至少也應該先讓夏碎學長不再承受這些痛苦不是嗎？」我承認因爲一連串下來的事情讓我眞的情緒激動很多，但看他們一個躺了一個去走獻祭死路，而我們束手無策，眞的很難讓人不悲憤。

然後上面這些至高存在還在那裡吵誰可以合法扁邪神？

去你媽！

祂們已經忘記身爲生物的痛或是根本不知道生物的痛，不代表這些渺小存在眞的不會痛啊！

我用力擦掉眼淚，狠狠地瞪向那些「神」。

「那麼，讓你爲了他們而死，你應該也是願意的吧。」

不屬於座位上幾神的聲音，淡淡的、有些冰冷，幾乎沒有溫度的女性嗓音自高空而下，同時黑色的巨大龍形出現在第三張二層王座上。

血色的五隻眼睛在黑暗中張開，筆直對向我，差點斬斷我全部意識，瞬間渾身幾乎被凍結，無法呼吸，眼前一片黑暗。

「你說呢，妖師？」

「幽冥，過頭了啊。」

我重新恢復視力時，聽見瞳狼有點慵懶但帶著警示的聲音，接著那股差點弄死我的巨大壓力才移開。「小孩衝動不懂事，計較什麼。」

「對姊姊無禮的小輩，如此只是小懲罷了。」高高在上的黑龍王閉起了三隻眼睛，剩下的兩隻紅眼半瞇起來，色澤居然與紅龍王幾乎相同。

「沒什麼腦的妖師有什麼好計較。」紅龍王噴了下鼻息。

……講得好像剛剛要燒死我的不是祢。

……

……喔靠等等！

姊姊？

我猛地看向聲音根本沒有一絲女性感覺的紅龍王，整個震驚。

「黑龍王有什麼指示嗎？」萊恩再次把我擋在身後，大概是怕我又冒失找死，這次先開口：「如果能幫上奉神者，悉聽尊便。」

「本座問的是那名妖師，插什麼嘴。」黑龍王冷漠地傳來聲音時，萊恩被看不見的力量掃到一邊，完全沒有抵抗能力地把我露了出來。

「……當然願意。」喘了幾口氣恢復過來，我握緊拳頭，硬扛起往我身上施加的冰冷重壓：「只要祢們兌現給千冬歲的承諾，該做什麼就說出來。」

「答應得這麼快，到時候辦不了，有得你們哭的。」黑龍王懶懶地勾動爪子，我們右側立刻出現一條空間裂縫。「鳳凰的幼子留下來，說大話的妖師必定得進入，其他人愛去不去，本座要的那東西，妖師得親手掏出來、帶回來，屆時看本座心情要不要履行承諾。」

根本就是針對我。

龍神都這麼小心眼的嗎？

「要是做不到，往後就不要開口說大話，小小存在，該閉嘴時便閉嘴。」黑龍王補了這句，極度藐視地往我們掃一眼。

「他做不到的話，就讓我做。」學長按著我的肩膀，冷冷地對向黑龍王：「如果事情是龍神境先開始的，說不定該閉嘴的並不是我們。」

「無禮小輩！」紅龍王再次爆出火焰。

「本座還沒死，少對我們狼族動手動腳。」瞳狼一記金火掃過去，抵銷了紅龍王的暴怒烈焰。「況且孩子們說的沒錯，如果事情是龍神先開始的，那妳們就該開始想想怎麼補償了，畢竟跨越六界遮掩天命這種事情，光雪野族長是辦不到的，對吧。」

白色模糊的人影點點頭，「就看龍神境如何作爲吧，雪谷地不會眼睜睜看著巫子吃虧而不做聲響，即使我們已退出歷史，但也會爲其爭一個公道。」

黑龍王哼了聲。

「幽冥大人的任務總是伴隨著危險，你們就帶著這些去吧。」宿雨揮動袖子，幾小團東西朝我們飛過來，接住之後才發現是三團紫陽花。她朝著我們眨眨眼，似乎有其他的用意。

除了被指定留下的喵喵，不意外地學長和萊恩都與我同行，飄來的花團也正好一人一個，她似乎相當篤定我們全都會前往，沒半個退縮。

「時間不等人。」黑龍王再次涼涼地開口。

收好花團，我也沒太多猶豫，直接往空間裂縫一跳，某種怪異的低溫立刻包裹我全身。幸好身上的守護都還在，所以並沒有被逐漸降低的溫度影響，只感到輕微的不適。

我相信如果今天沒有這些保護，大概第一時間就馬上去找我阿嬤了，連什麼適不適都沒得感覺……喔搞不好阿嬤都沒得找，直接靈魂蒸發。

紅龍王整個高傲暴怒，黑龍王則是高高在上、冷漠無情，我不確定祂們究竟會不會履行對千冬歲的承諾，也還不知道祂們想要我辦什麼事。不過不管如何，最好祂們都按照約定，照顧好夏碎學長，否則我肯定會違背和白陵然的誓約，直接詛咒龍神到爆炸。

邊想邊打算和學長、萊恩討論一下怎麼行動，我才發現他們倆居然不見了——該怎麼說，一點都不意外呢。

黑龍王露骨地針對我，那把我們三個人沖散當然完全沒問題，就不知道祂想針對我到什麼程度了。

反正也不是第一天惹錯人了，顆顆。

抱持著頂多大家一起完蛋的心態，我反而有種豁出去的開朗感。事情再壞也不會更壞了，夏碎學長瀕死，千冬歲悶頭赴死，不論是哪個都救不了，光想就自暴自棄起來，剛剛沒多罵龍神幾句貌似很虧。

眞的應該吐祂們口水。

說什麼龍神和奉神者，還不是放著夏碎學長和千冬歲不管，一張命盤被祂們龍神同族遮掩不聞不問，好好一個人被邪神蓋印可以丟著不管，平常吃個屁供奉，還敢要血換力量；那些龍神賺這種黑心會費怎麼吃飯不會噎到，穿越時空沒被夾到，睡覺被隕石砸到。

有這種主神眞夠衰，我深深地覺得我大妖師教派應該早點開始創立招收會員，讓這些可惡的神祇流失信徒才對。

我一邊黑暗地想著各種事情，剛想到要弄個反攻主神團召，腳下突然一個踩空就摔到了土堆裡，幸好高度不高，下面又沙多於土，所以沒有很痛。

這時我才開始打起精神仔細環顧四周。

抱怨歸抱怨，還是要做好事情，不然夏碎學長他們該怎麼辦。

抹了一把臉，我發自內心想再多問候龍神幾句。

第二話　龍神與巫女

日與月在天空彼此追逐
天與地在世界兩兩相望
狐的首落下
犬的角斷落
長鳴鳥叼來了金骸骨

下一個將落在誰家？

正思考著該往哪邊走，遠處突然傳來童謠聲，斷斷續續，唱的是我聽不懂的語言，但腦內卻自動理解了意思。

我轉過頭，沒太多猶豫就走向聲音來源處，畢竟待在原地不會有進展，只得繼續往前走，看看能不能碰到學長他們。

邊走時我也確認了身上可用的物件，扣除本來被破壞的一批，保留下來的均可正常運用，甚至連米納斯都開始有些簡單的回應，看來先前在池子裡的修復起了用處，不愧是禁地等級的地方，不趕時間的話眞應該多泡一會兒。

這地方的力量氣息很稀薄，而且相當單純，不像我們原本世界的空氣裡有各種東西組成，沒事還會有自然元素在裡面飄過去。此地完全沒有，除了腳下踩的沙土岩石，便沒有感覺到其他混合力量。

幾分鐘後，眼前開始出現沙土以外的事物，是一座破破的小村莊，看起來滿臉寫著偏僻窮困，都是石頭搭建的，不少地方已經傾圮，遠遠看過去明顯坑坑洞洞的，不過因爲有些特色，反而透出些觀光景點的韻味。

走近時發現童謠的聲音來自於石頭村外圍，約莫四、五個小孩發出來的，小孩們看上去大概都在六、七歲左右，正在踢一顆黑色的球玩。

咚地一下，那顆球被踢到我腳邊，仔細一看才發現這其實不是什麼「球」，而是不知道啥東西的小腦袋，壘球大小，腦袋上的毛髮皮肉因爲無數次的踢玩滾動所以混合上大量泥沙，將整顆頭包裹起來，完全看不出原本樣子。

「……」幸好我在獄界接受過震撼教育，恐怖的東西看太多了，如果換成當年的我，現在應該已經在地上吐泡泡。

小孩們跑過來撿球，順勢把我圍成一圈，好奇地仰頭與我對視。

看起來都是正常小孩，衣著是古代日本孩童會穿的那種樸素簡便的款式，意外地很乾淨，除了玩鬧沾染上的泥沙外，沒有補丁也沒有破洞，布料全都相同……這村子可能沒有想像中那麼窮，說不定外殼只是假象。

見我沒有反應，小孩們往後跑開，聚在一起嘰嘰喳喳地快速交談了幾句，其中有個乾乾黃黃的小女生作為代表跑過來。「琵巴骨？」

因為聽不懂，我覺得大概是通關密語，於是回她：「芝麻開門？」

小女孩生動地翻了記白眼，那表情赤裸裸地說著看到白痴，所以她再次開口，換成通用語了：「龍王大人的客人嗎？」

「喔，算是吧。」我點點頭，決定不去問前面那個聽起來怪怪的詞是什麼。

「你是手執利刃的人，還是搬運的人？」小女孩繼續詢問著。

黑龍王那時候要我「帶回來」，聽起來不像是要執利刃，「應該是搬運的。」

「哇喔。」小女孩露出憐憫的神色：「那辛苦了，一刀剁死還比較快呢，請跟我來。」

……

爲什麼我有種很不妙的預感？

那個一刀剁死是什麼形容詞？

跟著女孩往石頭村裡走，後面的小孩們又開始玩了起來，童謠再度被吟唱，歌詞卻與剛才截然不同。

生與死在幽冥開啓門戶
靈與魂在黃泉徘徊不前
猿的手被折
牛的淚染血
八咫烏叼來了銀骸骨
下一個將輪到誰家？

※

女孩走在前方。

進入石頭村後，我明顯感覺到氣流不太對勁，帶著一種血腥氣味，彷彿被什麼詛咒般，空氣裡隱隱可聽見唸經那種呢喃聲，讓人不太舒服，而且我的血液跟著有點騷動，原先已經不怎麼美麗的心情更加糟糕不少。

由這種反應可知，裡面藏的八成是什麼黑暗又不好的東西，所以我黑色的那部分才會蠢蠢欲動，想搞事。

不過黑龍王怎會單獨把我送到這裡？

的確，學長他們不要進來應該比較好，石村的空氣充滿血污，他們可能會很不舒服，搞不好還會被啥髒東西沾到。

邊走著，我赫然發現女孩有點凸出的背脊隱隱出現某種怪異的圖騰，她擺動的小手臂上也浮現細細的小鱗片。

「很驚訝嗎？這裡是龍人村，沒有傳承的混血們居住的地方。」女孩半側過頭，低笑了聲，抬起手讓我可以更清楚看見上面的鱗片，展示一般完全不介意外人的目光：「不是每個後代都能有美好的下場，有很多是像我們這樣得不到傳承，也不被人類、其他種族接受的混血，黑龍王大人讓我們在這裡看守『濁』。」

「……妳幾歲啊？」怎麼口氣聽起來很不像小孩。

「問別人年齡很沒禮貌，不懂嗎小屁孩。」女孩立刻凶回來。

感覺是沒有被揍算我幸運的年紀，果然這裡的人都不能看外表，外面那群小孩八成也都是我的長輩。

「黑龍王要我來這裡做什麼呢？」乖乖地跟著女孩走了一段路，我繼續發問。

「喔，你應該是黑色種族吧，所以才叫你來拿『濁』，這樣你們拿到就可以直接出發啦，有黑色種族就是方便，不用繞路，以前來的白色種族可是吃盡苦頭呢，不論是精靈或妖精，直接死在裡面的可不在少數。」雖然語氣有點凶，不過女孩算是有問必答地回應：「不過拿取這禁忌之物……究竟誰惹惱了龍王大人呢？已經很久沒有出現過這種事情了，外界發生很糟糕的事嗎？」

雖然有點聽不懂女孩的意思，不過我還是回道：「嗯，妳知道雪野一族嗎？」

「知道，自由世界九鴆目大人與蘇芳大人的後裔，雖然是人類，然而九鴆目大人非常喜歡巫女蘇芳，願降下真身與她結成連理並誕生龍子，不過那也已經是許久前的事情了。」女孩語氣慢慢地退去凶惡，提到這些舊事似乎讓她神情變得比較柔軟，而且懷念，話匣子也跟著打開：「很難想像對吧，畢竟九鴆目大人是神界中龍神境的天之驕子，據說祂自出生就在龍神境，天賦奇高，距離離開六界幾乎僅一步之差；但這麼偉大的存在卻願意拋棄所有，自願將自己力量封鎖至最低，只爲了壽命極短的人類停下腳步。」

「在我們這些龍人之間，大部分的父母都只是玩玩，或是獻祭、或是獻身，很少人像九鴆目大人那樣存在愛與情，被那種偉大存在眷顧並珍惜，那是難以想像的事，而且也不可能會發生。」

「不過就是發生了。」我接了句。可能是因爲原世界資訊發達，有各式各樣的創作，所以像這樣的神人戀對我們而言滿普通的，還稱得上是老梗，神和巫女、妖怪和巫女、神獸和巫女……等等，這類故事隨手一抓一大把，不過在這些龍人的現實中，應該是不太有機會出現。

「嗯，人類太脆弱了，沒辦法和過高的存在有什麼太好的結局，即使是跨種族相戀，通常也會找力量與存在差不多相等的對象，不會刻意與跨界的高等存在強求正果。歷史上甚至發生過至高神想要和戀人轉生成的人類廝守時，因爲不經意的力量散發，結果人類承受不住直接裂體爆亡……這種事情也不只一次，就像你與一隻螞蟻相愛，不管怎麼小心，終究還是有一天會在翻身時不小心折斷牠的小腳。」女孩憂愁地感嘆：「所以九鴆目大人與蘇芳大人的故事眞的很令人感動。」

……如果剛剛好好說故事我可能也會有點感動，然而妳用了一隻螞蟻作比喻，我現在滿腦只想到神與蟻之戀，感動天地。

不把螞蟻壓死真是辛苦那位龍神了。

說起來，既然那位龍神這麼眷顧巫女，怎麼沒有繼續關照自己的後人們？眼睜睜看著雪野一族這群智障不斷反覆神祭，搞到現在這樣父子相殘，這些是他們先祖願意看到的嗎？

連搞出問題都是其他龍神出面，比照起學長背後那兩個護短護到靠夭的歷史大族，這龍神先祖也太混了吧？

我提出疑問後，女孩一瞬間表情詫異，一臉「我怎麼會有這種問題」，然後她反問：「現代的雪野一族以爲九鴆目大人還在？」

「欸？」我愣了一下，這種反問法，他們先祖不在？

我記得千冬歲的確說過進行神祭時要呼喚他們的先祖？

那他們進行神祭時是在對誰進行？

這瞬間我全身寒毛一口氣豎起來。

女孩沒有注意到我的反應，自顧自地繼續說：「人類再怎麼受寵，天命還是有盡頭。即使九鴆目大人已經盡力延長蘇芳大人的生命，但最終蘇芳大人仍舊順應自然老去並與世長辭。後來九鴆目大人隨著巫女離世，因擔心血脈後族沒落、消滅，便將自己的力量切割成許多塊，以此為代價請求同族龍神們照拂雪野後人。」

「咦？不是因為龍神血的原因嗎？」這個說法怎麼和我聽來的有出入？雪野家那些固有的觀念到底有什麼問題？整個都消息不實啊！

「當然不是呀，如果是因為血緣，龍人村這麼多廢後代早就混得很好，血緣什麼的在那些神的眼裡又不算什麼，神話裡的神子英雄那麼多，不都也是長年流落在外嗎；而且不是祂們生的干祂們屁事，偶爾出現個特別好的祂們才會有興趣接觸或回收。一定是有誰付出代價，龍神們才會可有可無地關照那些後人，不然你覺得誰吃飽沒事看顧螞蟻窩。怎麼，雪野的人以為是因為血緣理所當然被照顧嗎？把自己看得太了不起了吧。」女孩笑出聲，有點諷刺地說：「九鴆目大人知道大概會氣得說不出話，所以雪野那邊惹什麼事了？非得黑龍王大人出狠手？」

我稍微把雪野家主和命盤的事情說了下，越說就看女孩臉上嘲諷的表情越濃，直到她沒忍住開始哈哈大笑起來。

「雪野家那些蠢蛋……難怪了，邪神那東西不找上他們還能找誰，雪谷地也真忍得下這口氣。唉呦，我還以為雪谷地會找雪野討公道呢，看來他們退隱後也懶得惹是生非了。」女孩擦掉笑出來的眼淚，在一棟平平無奇的石頭屋前停下來。灰黑色的石板門上有著怪異的血紅色繪圖，看起來是個人形的樣子，手上揮著紅刀，腳下則踩著張牙舞爪的騰龍。「不過你可以放心了，如果是因為這事情黑龍王大人讓你來，那表示龍王大人其實很中意奉神者，否則他們死了也無所謂，這是要送個天大的好機會給你們，我們這些龍人求都求不來的天賜良機。」

「？」我還是不太明白她的意思。

「唉唉，說到底還是多少和血緣有關係啊……誰教九鳩目大人是黑龍王與紅龍王兩位大人的幼弟，兩位大人是否在奉神者們身上看見了什麼呢。」女孩有點落寞般地嘆息，接著轉過身看著我：「進去吧，『濁』就在這裡面，接下來的路我無法進入，拿不拿得出來看你自己，你那雪野的朋友生死也掌握在你手上了，要是拿不動，你就在裡頭自殺吧，免得回去接受悲慘的現實。」

靠杯！這點黑龍王沒說啊！

我猛然驚覺沉重的壓力，沒想到這裡會和千冬歲的獻祭有關，瞬間戰戰兢兢地在對方示意下推開石板門。

一股濃重血味迎面而來，腥氣和腐敗交織成難以形容的異臭，即使我身上有黑王的庇護術法與老頭公的守護，還是可以聞到那些味道微微地傳遞過來，讓人想吐。

走入的瞬間味道又更明顯了，我只能驅使一些黑暗力量把氣味排開，這時手邊突然亮起來，一盞蒼白的紙燈無預警地在黑暗中幽幽晃動青色燭火，看上去有夠不吉利。

身後門板發出聲響，緩緩關上，從現在開始，我真的就是自己一個人，孤立無援地走這條路了。

現在的千冬歲大概也是類似這種狀況吧。

一想到生死未卜的兩人，我無聲地嘆口氣，提起紙燈，往前踏出腳步。

有時候內心有著更重要的事物，真的會讓平常感到害怕的氣氛減少很多，至少走在這裡面時，我滿心只有待會兒要怎麼做才能幫到千冬歲，以及夏碎學長現在的狀況穩不穩定，那些印記是否可以拔除……當然，獄界的訓練也是個原因，黑王和深平常把我亂丟實施險惡的教育，讓我對這些環境的驚恐降低不少。

甚至我還有餘裕打量起兩側石壁上的壁畫。

石屋……與其說是屋，不如說是一條往下的深長通道，走了幾步後開始有向下的台階，兩邊都是鑿出來的岩石壁面，整條路約有兩人並肩的寬度，走起來並不算很壓迫，微弱的青光一照，可以照出牆壁上一些不斷延續的敘事圖。

繪圖大同小異，可能是開鑿時挖的人無聊畫下的，不太正式，圖案忽大忽小，畫風也不盡相同，不過反反覆覆都是在描述同樣的事情。

最開始是條龍，後來出現個人形的不知道什麼種族，也可能眞的是人類。兩方和平共處一段時間後，龍的天空頂上突然出現眼睛一樣的怪異符號，下一幅就是人手上出現紅刀，那種紅很像是鮮血抹上去、特別強調不祥的詭異色彩。

接著雙方打起來，很快地龍身上也被血色纏繞，底下充滿各式各樣象徵屍體的圖案。再後來，龍好像瘋狂一樣被斬死，而持著紅刀的人也把自己的腦袋割下來，不斷循環的壁畫就這樣結束。

……這故事看起來有點恐怖。

按照定律，底下絕對不是什麼溫馨可愛的東西。

交給我來做眞的可以嗎！黑龍王！

階梯一路延伸到盡頭後，出現在我面前的是一扇門。

黑色的石門上，用紅色的鮮血作爲顏料畫上了巨大的怪異單眼，看似簡單的圖騰卻給人一種被盯著看的毛骨悚然感。

我推開石門——本來以爲會很沉重，沒想到一碰就自動左右緩緩敞開，兩邊馬上點亮整排燭火，點到後頭直接出現個驚人的畫面給我。

偌大的石窟中疊滿發黑的屍骨，惡臭正是從這個地方散出來的，約莫四百公尺的盡頭那端，半空中以數條鐵鍊束縛懸掛著一柄紅色古刀，按照那些敘事圖來看，應該就是圖上的刀本人無誤。

「……」這刀散發出各種凶狠的戾氣應該不是我的錯覺。

盯著滿滿的屍山骨丘片刻，我正誠懇地想要鼓起勇氣爬上去接近紅刀，突然發現腳下不知什麼時候出現一層薄薄的淡紅色霧氣，而且還有往上飄升的趨勢。

抬起沒有持著燈籠的那手，我輕輕往右邊揮開，讓黑暗力量滲進地板，不友善的霧氣抖了下，在我周邊讓開一小圈，不敢眞的黏到我身上。

紅刀身上似乎有看不見的漣漪綻開，充滿腐朽的空氣微微一震，盪出幻影。

畫面裡，是如火燒起般的瑰麗紅色季節，美麗的少婦站在飄落的楓葉中，對著我的方向露出微笑……喔不對，她不是朝我笑，我的這個方位有個孩子，不是很大，至少還不到他離開這個家族的年紀，甚至還不解那些鬥爭與醜惡私心的時候。

少婦彎下身，牽著孩子的手在楓紅圍繞的樹下翩翩起舞，並非正式舞蹈，只是很隨性地玩耍，兩人顯得毫無憂慮，露出最純粹的笑容。

而在另外一邊，雪飄落的銀白色世界，安靜的少婦端坐廊下，雪花似乎都在她身邊凝結，

不敢打擾這片無聲的寧靜美景。幼小的稚子枕在她的膝上安穩沉睡，她勾起笑，給孩子唱起溫暖的童歌。

如畫的兩幅場景消散，取而代之的是紅楓的少婦拉著嚴肅男人的衣襬，雙眼發紅又著急地說著：「家族鬥爭不該連毫無力量的夏碎都扯入呀……我們已經盡量不接近任何人，可是他還是發病……那是被詛咒嗎？爲何他的身體反反覆覆？不是沒有繼承，爲什麼還是……還是與千冬歲的病體有點相像……？」

「我也不明白，妳冷靜點，楓。」男人安慰著女性，以最懇切的擔憂面目說道：「雖然沒有繼承，不過可能會與龍神後裔的血脈有某種連動影響，下個月我會進行神問祭祀，妳把夏碎交給我，或許龍神會有解答。」

「不……不不，夏碎還那麼小，他沒有力量，不能前往祭祀台。」少婦不斷搖頭，護著面色蒼白躺在床上的孩子。「他承受不了。」

「楓，他非去不可，不然詛咒無法消散就糟了。」

畫面一轉，變成兩名女性交互握著手。

「姊姊，我覺得好像有什麼不太對……家主執意要把孩子們都帶入祭龍潭……千冬歲還好，夏碎卻不一樣，祭龍潭對孩子影響太大了，爲什麼會需要那孩子進行祭祀呢？」

「……我打算返回藥師寺家，對外便說我受不了清冷，帶孩子回家吧。」

「姊姊……不然相信家主，再看看情況吧，或許並沒有這麼糟……」

「不，當代龍神和祭龍潭不是夏碎可以……」

「可是哥哥進去過呀，哥哥沒事的。」

兩名少婦悚然地轉向旁邊從床鋪上爬起的小小孩子，揉著眼睛、睡眼惺忪的幼子打了個小小的哈欠，以軟綿綿的語氣說道：「哥哥身上有祭龍潭的氣味……還有一種香香的味道……我看過他和穿著黃衣服的姊姊在玩拋沙包……」

孩子的母親立即伸出手，蓋在幼子的眼睛上，喃喃唸道：「乖，孩子你什麼都沒看過，什麼也沒聽過，只是夢，睡醒便忘了……乖乖睡吧……」

讓孩子重新進入沉睡，少婦們面面相覷。

「我從來不知道夏碎進過祭龍潭。」慘白著一張臉，楓紅的少婦難以置信地搖著頭。「所以是祭龍潭的影響，又或是詛咒？」

「家主從未提過他帶孩子進入，祭龍潭幾次開啓也都是在族內必要的祭祀上，孩子不應該在我們未知的情況進入才是。」雪衣的少婦也無法理解她們所聽見的訊息，究竟是孩子的童言童語，或是真有什麼她們不曾知道的事情正在發生？

「我得……我得帶著孩子回藥師寺家……」

霧氣與畫面緩緩散去，再次回到屍骸成堆的實景。

我看著引動幻影的紅刀，坦然開口：「沒錯，我就是爲他們而來。」

雖然這段記憶我沒看過，不過按照老梗劇情，大概是紅刀有意識地想要激起我某些憎惡。可惜它懷舊畫面給太晚了，先不說我們大概多少已經知道過去的爛帳，目前排在我心目中前五位的痛恨名場景之一就是雪野家垃圾往千冬歲身上捅刀的傑出一手，古早前的往事反而還沒讓我那麼憤怒，只是補充了一點讓我更想揍他的訊息而已。

「我趕時間，我們看要好好地說話，還是有什麼考驗、殺招，你就直接丟出來吧，我沒有空和你慢慢回味往事。」雖然我對那些記憶很好奇，但千冬歲他們的事情更加急迫，反正現在沒看見，總有一天我成長變成像學長他們那種大魔王後，很有可能也可以按著他們老杯或相關的幕後黑手強迫讀取記憶，這樣一想，就覺得可以快點略過這一段了！

大概是感受到我不想跟它玩影響心靈的遊戲，整座屍山轟轟轟地開始震動，不論有沒有腐肉的殘骸被看不見的手扭成一團，接著重新組成腐屍巨人一樣的東西，從泥水裡站起來，瞬間就是快十樓的高度，陰影完全把我籠罩。

……

……

幹喔！

也不用眞的出殺招啊！

腐屍巨人一拳砸在我上方。

調動周圍滿溢的黑色力量，我吃力地從龐大的惡意裡搶來幾絲氣流，揉合貯存在小飛碟裡面的純粹黑暗做成防護，正好堪堪擋住重擊。不過強悍的衝擊力還是把我連同守護結界往下搥，地面凹陷了不少，視覺上頗可怕。

老頭公有點躁動，紅刀似有若無地不斷在影響我們的情緒，就算什麼幻影都沒有，我也可以察覺到自己越來越煩悶，好像有什麼累積在胸口，等著積滿的瞬間爆發。不過因爲有妖師的血脈力量和黑王的保護術法，那感覺倒還在可忍受範圍，但被人撥動情緒就是很噁心。

差不多等同一百條獄界蚯蚓在肚子和背後亂爬，卻拍不掉的心情。

又噁心又火大又會起雞皮疙瘩。

不知道現在這狀況會不會對沒完全復元的米納斯有什麼影響，總之我先取出火符轉出短槍，往腐屍巨人連開幾槍，接著往它關節和身體連接行動的各處狂抽力量，不管有多少雜質，都先塞進小飛碟裡再說。

腐屍巨人果然踉蹌了幾步，往旁側歪一邊，一小部分變形的屍骨掉落下來，又重新被吸收回去。

火焰在我們前方拉出一條火牆線，那些惡臭和屍骸被燒灼加熱後發出更恐怖的味道了。

只是有一點很奇怪，如果眞的是重要到會被放在這裡看守的刀，怎麼派出來的東西這麼弱？連我都可以擋住，而且多花點時間搞不好就可以拆解了……眞的是我要找的東西嗎？

就在懷疑紅刀的眞實性時，我突然本能地感到毛骨悚然，從黑王那邊鍛鍊出來的反應讓我直接放棄與腐屍巨人對峙，秒轉頭把小飛碟裡的力量直接噴出來，拉起一道黑色保護牆。這動作瞬間救了我一命，因爲黑牆眨眼被看不見來源的攻擊爆破，餘力大到把我連著老頭公的守護結界颳飛出去，重重撞進地面殘餘的屍骨裡。

……幸好我結界保護還沒散掉，不然滾過去被裹一層屍肉泥水我可能會很崩潰。

「等等。」

米納斯的聲音突然在我腦袋裡響起，毫無預警地讓我愣了下，久違的聲音帶著點擔憂：

「別動，看看你的手。」

我低下頭，赫然看見左手指尖出現了黑色的痕跡，不知哪時纏上來的，正在試圖往指縫裡鑽，然而遇到不明阻力，所以沒有蔓延進去。「他們怕的就是這個嗎？」如果我不是妖師一族，說不定剛剛被影響後，現在已經遭不明黑暗入侵了，可以從這東西上感受到一絲詭異的惡意，與陰影的那種扭曲惡意不太一樣……該怎麼形容呢？比較像另種型態的邪惡……

「現在使用我可能會被污染，不過妖師的血脈力量尚凌駕這股邪意之上，你慢慢調動黑色部分抵禦即可。」米納斯溫柔說道：「這是污濁之物，由最骯髒的屍肉精血與惡念凝聚而成，是極度髒污的存在，封印在此處的並不是整體，只是一小部分，你看見的刀刃僅為幻影。」

果然，我就奇怪為什麼攻擊力不強，原來只是一點點，概念可能和陰影差不多，是被分塊封鎖的，按照這種程度來看，這裡的東西應該不多，不然龍神不會那麼放心把我丟進來。

「不用理會其餘東西，那皆是你心中投影，屏息，然後專心往前走。」

我緩緩地深呼吸，甩掉手上黑痕後，聽從米納斯的聲音，只看眼前，邁步踏進泥血當中。

原本眼前高高堆起的屍骸讓開了一條路，連巨人都安靜站著沒有繼續攻擊，看不見的東西彷彿沒存在過一樣，停下了襲擊。

景物逐漸如同煙霧消散。

再次出現在我們面前的景色十分平和。

薄紗般霧氣的另外一端是整片白茫茫的雪地與連綿不絕的山景，置於其中的是一座巨大白石建物，約莫五、六層樓高，感覺上像很大的古代星象盤或天象儀那類的東西，四周還有許多龍形裝飾，基本上我看不懂用途，就當成是很大的裝置藝術好了。

吸引我注意力的是白龍雕刻下的一對男女，兩人距離有點遠，面容看不太清楚，只能隱隱看見女性身上穿著類似巫女的服飾，男性比較隨性，只穿了基本日式服裝，外面披了一件素面外袍。

兩人相偕散步般地走動，不時傳來愉快的談笑聲，看上去很溫馨且登對。

傳說中的龍神和巫女嗎？

看著那對親密的戀人，我說不清現在心裡的感覺。

雖說是老梗，不過那邊的龍神追隨愛人長眠，某方面來說滿了不起的，這種血緣搞不好就傳給了夏碎學長和千冬歲，才會讓他們兩個為了彼此搞得這麼痛苦。

我才剛一動念，就看見雪地的另外一端出現了夏碎學長和千冬歲說說笑笑的樣子，這幕大概就是千冬歲非常渴望能實現的畫面吧。

「所以這就是你心中所願？」

不知哪來的聲音傳進我的腦袋裡，非男非女，不帶有情感，機械式地逕自下了結論：「不爲己身的情愛，而是用於朋友身上。」

「嗯，這就是我希望的。」看著夏碎學長和千冬歲的身影逐漸消失，我下意識地點頭，回應：「我來這裡是想要幫忙，如果無法替他們取得公道，至少要幫上他們。」

幻影再次散開。

那些雪地、星象盤，龍神和巫女褪去色彩，消散不見。

最後留存於我們面前的，是一座石製的古老祭壇，祭台後的石牆上畫著巨大的紅色眼睛，散發著詭異的注視感，石板桌上只擺放著一個半巴掌大的琉璃小缽，底部有約莫五十元硬幣大小的黑色不明液體，除此之外什麼都沒有。

這次不用米納斯提示，我幾乎瞬間知道小碗就是黑龍王要我拿出去的東西。

捧起小缽，左側不遠處傳來「喀」一聲，石壁裂開縫口，緩緩露出後頭通道，從那裡飄來一點青草味，大概就是出口，加上米納斯也沒有預告危險的反應，於是我直接沿著通道離開。

「妳還好嗎？」邊走著，我和米納斯交談：「是不是還是暫時不要用比較好？」

「力量雖然還沒完全恢復，不過使用上已經不是問題，靈池與水晶給予的修復都很充足，不用擔心。」米納斯難得地話多回答：「沒問題的。」

我點點頭。

很快地，感覺到附近有力量的波動，我一踏上去，藏在地面的陣法自動開啓，周圍畫面一扭曲，直接被傳送到其他地方。

接著，就看見被沖散的另外兩人出現在我面前。

※

學長和萊恩看上去狀況沒有預期中好，兩人身上多多少少帶點傷，相較之下我反而完整很多。

他們手上也各自拿著東西，萊恩拿著個手掌大的木盒，學長則是挾著個長條狀的東西，用金色絹布包起來，有邊角形體，感覺是長匣子。

兩人一看見我手上的小缽和裡面的黑色液體，直接露出極度警戒的神色。

「褚，交給我……」

「啊，我沒有被影響。」側開身，我沒讓學長把東西接過去，「好像是很髒的東西，學長你們不要碰。」學長和萊恩都算白色種族，搞不好摸下去瞬間爆炸。

「沒問題嗎？」萊恩看看我，歪過頭。

「嗯，似乎是因爲妖師力量，所以稍微免疫，但是大概也不能直接碰。」我往後退開兩步，避免學長還是想拿。嘖嘖，他那個臉色，好像我端著一碗炸彈，雖然我搞不好眞的端了一碗炸彈。「你們也是去拿什麼東西嗎？」

萊恩點點頭，「去了護印村，取了動物靈保管的物品。」

「隱神村，同樣是龍王寄存的物品。」學長看了眼手上的長條。

聽起來我們三個經歷的事情大同小異，全都是被黑龍王丟去領東西，而且是按照我們的身分傳送到相應的地方……如果今天來的沒有黑色種族，那去龍人村的人搞不好就必須面臨一場惡戰吧，畢竟是會影響心智的黑暗東西。

想想突然覺得我好輕鬆。

「我們大概知道黑龍王與紅龍王想做什麼，漾你現在退出還來得及。」萊恩一臉嚴肅地看著我：「很可能會和龍神境結下仇恨，我與學長不在乎，但是你……」

「喔，沒關係啊。」我笑了下，露出個無所謂的表情。「你怎麼覺得我會擔心多一組人追殺，我早就被全世界追殺了。」

多個龍神有什麼問題嗎？

萊恩露出笑，表情突然釋懷：「也是。」

「但是黑龍王想做什麼？」我左右張望了下，這時候才開始打量周遭環境。

被傳送過來的這個地方是一大片荒漠，天空灰灰的，不是那種烏雲積多的壞天氣，而是這裡的天空就是這種顏色，荒漠也是滿滿的灰色細沙，沒有其他物品，遠處灰色的地與天空連結交會，顏色幾乎一致。

「拿出這些東西……呵。」學長冷笑了聲。

正要問學長這些要幹嘛時，不遠處突然捲出熊熊烈焰，裡面走出體型高矮完全相同的兩道身影，兩人穿著一樣的古式裝束，臉上戴著龍形面具看不出眞容，面具上各自有著紅色與黑色的圖騰可以辨認身分。

從她們身上可以感覺到與龍王們相似的力量，但她們本身是「無機」，沒有自然形成的生命和靈氣，八成是龍王們的傀儡。

「看來你們眞的想死啊。」黑色面具後傳來戲謔的聲音，不過沒有先前那麼針對性，隱隱可以聽出讚賞。「眞是意外，本座原先認爲你們需要花上許多時間，甚至傷亡，結果比預期還快，這樣至少省得耗用幼鳳凰過多的力量。」

「欸不，您想要我們傷亡的話，應該要把我們任務點對調。」因為沒了龍神力量的壓力，我很直接把吐槽說出口。所以說，這又是兩條傲嬌龍嗎？本來以為高傲想要踩死我們，其實只是嘴賤屬性嗎？

從我們三個各自負責的地方，尤其是我去的龍人村來看，黑龍王其實沒有想要我們掛掉，反之很可能是因為有我在，祂才這麼安排。

「眞想死嗎？」黑龍王的聲音陡然下降到低溫。

「對不起，請原諒我的無禮，您需要我們做什麼事？」我立即老實道歉，說實話，發現祂沒惡意之後，我狗腿跪一下也沒有問題。

懶得理我，黑龍王抬起手，我們旁邊的灰色沙地隨即出現一幅畫面。

「歲！」萊恩瞠大眼，看著畫面裡的人。

那是稍早進入獻祭試煉的千冬歲，他的狀況看起來非常險惡，疲憊地靠在大樹下休息，看不出是什麼地方，但身上衣物嚴重破損，幾乎整套染紅，連同旁邊的雪地全是斑斑血跡，可以看出經歷惡戰，一張蒼白的臉上也布滿血痕。

「雖然雪野那些小輩認為他是血脈力量最高的一代，但其實根本微不足道，那點血自然成不了什麼神。」黑龍王揮散畫面，冷冷地說道：「眞是愚蠢。」

我想起龍人村裡聽來的事情，連忙開口：「您們是因爲九鴆目大人才會眷顧雪野一族，所以其實神祭什麼的，打從一開始就不存在對吧。」和雪野一族與其他人想的不同，龍神們會照顧雪野家族的眞正原因，是龍神九鴆目付出的代價，這麼一來所謂可以成爲神子的路徑就不成立了。更可以說，被默許的神祭基本上是個笑話，大部分收取代價的龍神更可能是消遣般看著雪野家自己在那邊搞事，但也沒有提醒或給予建議。

「龍人那些孩子眞多嘴。」黑龍王毫無溫度地發出嗤笑聲。

「九鴆目和那人類的女子一起死去，爲了他們的孩子，甚至把自己所有力量與寶物切散，平分給整個龍神境，眞是愚蠢。」紅龍王不屑地開口，對於早就故去的龍神似乎有許多怨言：「人類的貪婪他怎會不知，龍族雖然應允九鴆目那天眞傢伙的要求並收下代價，但就是偶爾給點廢話或是無傷大雅的提示，看著那些人類無止盡的貪求與腐朽，就和看笑話一樣，誰也不會眞的去照顧『後族』。」

「人類搞錯了一點，對我們而言，他們全與螻蟻沒有不同。」黑龍王說：「龍神境的庇蔭，是建立在九鴆目的犧牲和交換。」

「……我在護印村時，那些動物神也說過村子是九鴆目大人建立的，據說龍神九鴆目大人非常親近世界生物。」萊恩頓了頓，看著兩名人形：「與其他龍神不同……」

「九鴆目那傻瓜是掌有『毒』力量的孩子，卻喜歡那些無力量的脆弱生靈，最後竟把心交付給人類巫女。」一提到祂們的兄弟，黑龍王冷厲的語氣也不免有些緩和：「眞傻，人類那種東西，玩玩也就算了，竟然因她年老而死痛苦不已，最後追隨她逝去，更爲了想保護他們的孩子，將自己一身即將可縱橫六界外的力量與祕寶分割作爲代價，換取龍神境的一句諾言。」

「隱神村、護印村、龍人村，全都是九鴆目留下的東西，不受龍神境管轄。」紅龍王嗤了聲：「奉神者雖然生來運勢不怎樣，但至少有點運氣。」

「夏碎長得像祂嗎？」學長冷不防開口。

兩名傀儡轉向學長。

「夏碎和千冬歲，像那位龍神先祖嗎？」

第三話　不可能的任務

其實整件事往回想就知道存在一些不太對勁的點。

夏碎學長與紅龍王交易血氣，沒什麼力量的血一次次換來紅龍王出手，更別說他好像很早以前就能進入祭龍潭，提起時的態度很正常自然，甚至輕鬆到有點開玩笑；千冬歲則是早早就與黑龍王約定並被照顧，將來也會由黑龍王成爲庇護神主。

兩人分開看好像沒什麼，但放在一起看會發現這對兄弟各自被地位不低的龍神姊妹眷顧，並在很早的時間點就已經接觸過龍神，在那時他們甚至還不具備現在的高強能力。

或許神界存在的龍神們眞的能看穿過去未來，但會那麼早就開始偷偷找上孩子們嗎？

在那個時間點，兩兄弟除了血脈以外只有一個共通點。

學長看著兩名龍神，慢慢地低下頭：「夏碎說過先祖沒有留下任何肖像，無人知道祂的模樣，無論是本體神形或是幻體人形，但第一代龍子是有肖像的，與巫女母親極度相似，或許這就是龍神無法不照顧孩子的原因。」

「……你認爲我們會這麼矯情嗎？」黑龍王哼了聲，轉開腦袋。

「……」紅龍王沉默。

該不會還眞的是因爲臉吧！

我狐疑地看著兩龍神不自然的反應，開始懷疑祂們當初該不會是因爲看見正太兄弟和龍神弟弟有點像，所以勾起了念想和移情？否則按照祂們的說法，其實祂們本來是想看好戲等雪野家把自己搞自爆啊？

算了，不管是不是因爲和祂們弟弟像，至少祂們不是敵人。

黑龍王一抬指，千冬歲的影像散去，重新凝聚的畫面變成小神市神社裡的畫面，夏碎學長還是躺在原處沒有動靜，但黑色圖騰已經整個擴散，他身下有個鳳凰圖案的陣法，喵喵閉著眼睛盤坐在旁邊，似乎正在盡力維持陣法的運轉。

學長看見那個陣法時，眉頭一皺。「米可蕥還不到可以完全操控鳳凰族的……」

「所以宿雨和巫神借了點力量給她。」打斷學長的話，紅龍王懶洋洋地說道：「在六界規則中，吾等只能最低限度地出手。」

「不同世界不可過度干預對方世界之事，尤其神界與自由世界的層次等級不同，隨意動手會引起殺戮降臨大地，波及周遭生靈，你們的世界承受不起。但禍印已經踩線了，造成規則破口，因此受害的你們有權去討。」黑龍王一臉好像剛剛沒有被戳破祂們不爲人知的想法，冰冷嚴肅地說：「做不做在於你們。」

「……」我有點狀況外，只好轉向學長。

「禍印是雪野家主的龍神主，雖然還不到擁有超脫六界外的力量與龍王身，但也已經是有相當地位的天界神祇。」學長大概接收到我的茫然電波，自動解釋：「掌有災厄之力的龍神，會帶來戰爭與禍亂，但也會塑造出『戰爭英雄』，賦予強大的力量與直覺，一往無前地斬殺眼前敵人，因此受到不少戰時武將們的崇拜，只是那些英雄下場和晚年往往很慘。」

喔，了解。

大概是合作上有點像與惡魔交易的那種龍神。

「如果龍神境一開始就不是因爲血脈護佑雪野家，那龍神禍印協助家主遮掩夏碎的命盤，並竊取他的傳承，破壞神巫天命又是爲什麼。」學長接著告訴我：「利用了雪野一族的貪婪與急於想擁有神子，我認爲就連千冬歲的神祭背後也沒那麼簡單，很可能不是『神祭』，而是『獻祭』，說不定會與夏碎有同樣的下場。」

「夏碎學長和千冬歲身上有什麼好貪圖的？」我轉看龍王們。「才讓龍神搞出這些事？」

「這代的後人們繼承了九鴆目的一點……眞正的魂靈傳承。」紅龍王回答：「在我們發現前，奉神者就先被抽取了血脈，爲此還破壞雪谷地的天命，不讓雪谷地那些人類神巫與他們的巫神介入，本座最初以意念接觸他時，就注意到他身上有殘存的九鴆目氣息，原本以爲只是失敗的傳承，沒想到是被刻意破壞遮掩。」

「看這樣子，應該有其他龍王等級的共犯，才會連吾等都被瞞騙。」黑龍王接著說：「次子出生時，他們正在煉化九鴆目的傳承，因爲那蠢蛋人類無法完全吞噬不屬於他的力量，於是留著長子，利用他被破壞的殘缺身體重新過濾並吸收。」

「等等，那力量不是會重回夏碎學長身上嗎？」我整個問號。

「不，雪野家主採取的做法應該是每次抽取一縷細微的力量置回夏碎體內，然後經由某種方式傳導入自己身體中慢慢接收並適應，畢竟他們是血親父子，利用血脈實行力量換置比一般人簡單很多。」學長握緊手，咬牙開口：「即使是這樣，也花了七年之久。」

我猛然想起在龍人村看見的幻影。

之後，就在無人知道的狀況下舉行了神祭，結局失敗。

「我不懂，過往也很多人舉行神祭失敗，爲什麼禍印會特別設計夏碎學長他們？」以前的神祭應該也不全然都是同個龍神主，不然早就被發現不對勁了。

「因爲九鴆目的血脈傳承。」萊恩拍拍我的肩膀。「神不會那麼簡單完全消亡。」

「禍印過於貪婪，取得九鴆目一部分的代價仍不知足，不知道盯著雪野那幫傢伙多久，察覺到子孫出現微弱傳承後急於哄騙雪野家那堆蠢人進行『神祭』，實則是要以傳承作爲媒介共振，找到九鴆目和蘇芳最後的埋骨地，在那裡還有九鴆目、蘇芳安眠的魂靈，與九鴆目最後的眞身遺骨，藉此讓自己得到更多能離開六界的神力。」黑龍王越說，語氣越憤恨：「隨後禍印發現抽取傳承失敗率太高，便等著第二次神祭到來，也就是次子這次。」

難怪雪野家主會這麼急嗎？

不知道他的龍神主到底怎麼唬爛他的，讓他眞的相信千冬歲可以成爲神子，把雪野家族推上歷史高處。

原來都是謊話。

我他媽就突然想看看雪野家主知道眞相之後的臉，肯定會很好笑。

這樣說起來，按照之前紅龍王說的，黑龍王壓制了龍神禍印，應該也不是隨口說說，雪野家主沒法召喚龍神的事，並不是他力量衰退，而是因爲他的龍神主被人揍了，所以叫不出來。

「如果是這樣，爲什麼您們到現在才出手幫忙？」我看著雙龍王，一肚子不解。

「褚，時間流逝不同。」學長嘆了口氣：「記得時間之流嗎，神界有更多地方時空流速不相等。」

「本座與姊姊丟下手裡事情趕回來時他們已經變這樣了，本座有什麼辦法。」黑龍王沒好氣地罵道：「不過就是一眨眼的事，本座還記得奉神者昨天才入學呢！」

聽起來祢們還眞的冤枉了！

「本座也記得早上剛睡醒時收到奉神者請求噴了口氣，數分鐘後又給了一爪子云云，接著就感應到他垂危，並嗅到祭龍潭求助的氣息。」紅龍王幽幽地發出聲音，聽起來莫名委屈。

「……」好吧我爲稍早咒罵祢們道歉。

他媽的時差殺人。

「時間緊迫，先做正事吧。」

學長打斷了交談，皺起眉，不過這次語氣、態度顯然恭敬許多：「邪神還得仰賴諸位出手，他藏在六界外，公會已經儘可能抓住碎片，交付諸位以此查找眞身……拜託您們了，無論什麼代價，晚輩都會盡力辦到。」

「哼，怎麼會便宜狼神那傢伙。」黑龍王不屑地扭頭，似乎覺得學長講那些話是廢話：「既然敢對本座的奉神者出手，本座自然會讓他嘗到報應。」

「還有最後幾項物品你們必須去取，特別是現在這件，這是唯有眞心想要才能觸碰的東西。對於吾等而言，奉神者雖能入眼，但不到吾等全心全意交付的地步，所以不會出現在我們面前。」紅龍王淡淡朝我們三個掃了一眼，「你們是否真心想要救奉神者們，就看你們能否接觸，這便是屬於爾等的試煉。一旦錯過，奉神者無望。」

我和學長、萊恩交換了眼神，同時點頭。

這世界大概沒有其他人比我們更想帶回夏碎學長和千冬歲了。

說起來也很可悲，雖然他們擁有愛護他們的母親，卻不在身邊，有著血脈相連的父親，卻只想要他們犧牲，擁有龐大的古老家族卻沒有長輩願意幫助他們，最後站在這裡的是與他們完全沒有任何血緣關係的三個人。

「那其他的是什麼？」萊恩看著兩龍王，問道。

「接下來的試煉通過後，我們會開啓最後的路徑，只要沿著路走，你們將會看見『界』，黑龍已經將禍印擊傷在那處，但困不了他太久，在『界』被毀去之前，你們必須拔取禍印的逆鱗，切開他的皮肉，讓妖師挖走他的心臟帶回去小神市。」紅龍王抬起手，指出一個方向，那裡出現了與之前千冬歲離開所走、幾乎如出一轍的鳥居。

本座要的那東西，妖師得親手掏出來、帶回來。

我想起出發前黑龍王說過類似的話。

當時以爲黑龍王是在嗆我，現在才知道是提示。

既然要我親手掏，那就表示學長和萊恩不能碰，爲什麼是黑色種族才能觸碰？

「禍印過度貪婪，所以只要一滴『濁』就足以令他瘋狂，屆時他的龍族力量會被污穢侵蝕並混亂，開始進入墮神階段，接著他會進入極衰期，能力遠低於平常，無法按照往日發揮，你們才有機會與之交手。」黑龍王指向萊恩手上的盒子：「你們的時間限制就在禍印墮神之前，妖師取不到心臟，或是心臟被污染，又或是你們取不到待會兒的東西，任何一件做不到，那兩兄弟就只能死去。」

說完，黑龍王再次以挑釁的語氣朝向我：「辦得到嗎？說大話的妖師。」

「……」

幹喔，所以我們要做的是殺龍神？

雖然他不是狼神那種高級存在，但也是世界裡被供奉的神祇啊！

我頭皮一麻，終於意識到先前學長和萊恩的憂心，難怪會說得罪龍神境之類的話。直接把一頭龍弄成墮神還挖他的心臟根本是跨級任務了啊！

剛出新手村就去撞9999級最終魔王的不可能任務啊！

我們長得很像湯姆克魯斯嗎！

內心先把自己瘋狂地吐槽一輪後，我表面冷靜地回答——

「辦得到。」

才有鬼。

但是爲了千冬歲和夏碎學長，辦不到也要變成一定辦得到。

「啊對了，想問個事情。」我深呼吸了口氣，看著紅龍王和黑龍王：「那裡是不是和我們的世界有隔開？就是不會被外界感覺到之類的？小世界？」所以黑龍王在扁禍印時，外界才沒動靜，連宿雨那邊都不知道祂是扁過人才去小神市赴約。

「是，『界』與你們那種隔離結界不同，毀壞前，就連神界的其他至高神都無法察覺，所以黑龍才能在那裡擊傷禍印。」紅龍王回答了我的疑問。

「時間軌跡、歷史軌跡、時間種族那些呢？」我很誠懇地看著祂。

「都暫時沒法發現，想幹什麼就趁現在。」紅龍王補了句：「黑龍掌握的力量是幽冥，也就是能製作『死亡領域』，在界線內的時空會處於無生無死的化外境狀態，然而『界』存在的時間很短，因爲阻隔了時間歷史，很快會被世界意識發現並排除，像這樣困住禍印無法維持很久，應是在你們制住禍印時就會碎散，接著禍印便會急速轉爲墮神。」

「了解，在裡面發生的事情不被歷史記錄就可以了。」這種力量還滿方便的，感覺很像切割時空的那些結界和空間變動，如果可以長時間維持，完全就是把人關廁所開揍的利器。

「去吧，時間不等人。」黑龍王腳下出現黑色的漩渦，慢慢地將祂們兩人的傀儡淹沒。

「只有一次機會，抓緊了。」

※

「說起來，雪野家到底是對誰舉行神祭呢？」

用最快速度在鳥居裡移動時，我順便問了學長自己心中的不解。九鴆目意外地已經長眠這件事還是讓人滿驚訝的，詭異的是雪野家不知道他們先祖已經掰了，還在進行神祭時請召，來的到底是什麼？

「夏碎也不知道神祖消逝。」學長一張臉布滿了不爽與想殺人的表情。「我記得他之前說過，家族流傳下來的說法是神祖回到神界，偶爾才會在召喚中現身，但很少指引後人。」

「歷代那麼多龍神主都沒告訴過他們嗎……眞怪。」我覺得這事情眞的很不對勁，如果不是龍神集體矇騙他們，就是龍神們集體以爲他們知道……可是進行神祭會召喚神祖，在這個前提下，龍神們應該不會以爲他們知道啊……？

他們又不像妖師有因爲被追殺而造成的各種斷層。

還是龍神以爲他們知道，而神祭來的某種東西又確實是代表九鴆目呢？這樣似乎比較說得通爲何龍神沒有告知，雪野家可能就在這樣的代代相傳中漏失了九鴆目長眠的消息，以至於後代以爲神祖還活著，照樣進行神祭？

怎麼想都怪。

學長沉默了幾秒才說：「打爛那條龍神就知道了。」

眞是個粗暴又易行的方法。

「嘖，不過如果龍神能自己出手就好了。」祂們那麼強，既然都可以把對方揍一頓，不如直接把他打到招供或弄死啊。

「神界也有自己的規定，雖然祂們看似很強，但得遵守的時間與世界規範卻比我們嚴格太多，若是沒有嚴厲管束，那些存在就會像獄界的某些人一樣，造成動亂，畢竟神界各種族雖然強大，但並非全都善良之輩，與你們在神話中看到的既定印象是不同的，許多並沒有所謂的憐憫與慈悲心。」學長淡淡地解釋：「像這樣牽扯到跨界、甚至墮神，眞的要動手，影響範圍會很大，說不定會讓守世界同勢力的其他存在或信徒一起變動、引起大規模戰爭，所以想辦法交由我們這些受害者會更容易也更快解決。」

學長想想，又補充幾句：「當然六界外也有不守約束的存在，或是異界來的襲擊，神界這種更高層次的就必須去對付這些邪惡，這就是狼王、大王子他們經常不在守世界的原因。力量越強者越無法恣意，並且會有更重要的任務，令他們不一定能及時處置這些他們並不覺得太重要的過節糾紛。」

「眞辛苦。」看來滿級還是被規定得繼續往上打怪，弱的打弱的怪，強的打強的怪，只是網內互打和網外互打的區分而已。

所以說力量強有啥用，遇到一樣滿級的還不是得群毆。

看他們掃小怪好像很輕鬆愉快，對付起同級魔王照樣得花精力和時間。

這時候就眞的會覺得平凡人眞好，生活上的芭樂事還不至於要拿生命下去對幹，偶爾遇到個智障當成踩到坨屎就可以略過。

像這種被龍神存在暗算的事，簡直就像被從天而降的巨屎給淹死。

喔，不只被龍神暗算，還被邪神暗算。

我再次覺得夏碎學長眞的命苦，苦到我都不敢說自己慘了，他簡直有兩個我那麼苦，人家很可能本來是個人人捧的天之驕子，有雙傳承可以攻佔世界，結果剛出生就被惡搞，原因是路人要去挖他祖先墳墓，他無辜遭殃，直接淪落變成凡人。

接著要經歷老杯的陰謀背叛，母親的慘亡，不能認弟弟去兄友弟恭，還要隨時準備替身赴死，一身從基層拚來的力量也要當別人的嫁衣，搞到最後被父族外加長老追殺，唯一可能罩他的龍神遠在光年之外……想想我這個有妖師傳承及正常家庭的人眞的不能再隨便靠夭了，當自己覺得自己衰小的時候，回頭一看，就會發現原來有人比你更衰小，原因還莫名其妙。

他連世界兵器和黑色種族這個原罪都沒有啊！

變成大魔王可以得到什麼！

這鯊小八點檔苦情狗血設定！還是雙倍狗血！黑狗血！

發這種劇本沒問題嗎！

放到電視劇裡面，都會覺得是演員得罪編劇了！要他全程吐血吐好吐滿，捱打趴好不能爬起來！

想想，我就發出打從內心深處的感嘆。

「我覺得老了之後應該要好好孝順夏碎學長。」

學長伸出手，直接往我後腦巴了熟悉之掌。

講幹話的同時，我們走過最後一個鳥居。

黑暗如同舞台上的布幕自左右退開，露出後面的景色——斑駁的雪地與漫長綿延通往遠處的蜿蜒道路。

那條小徑原本該是積滿雪，而在不久前有人剛從這裡通過，被踩得有些零亂的積雪指出那人向前的蹤跡，顯然他並不是安然無恙，路上到處有暗色紅痕，看來傷勢不輕，但還是堅持著離開。

我有種很不好的預感。

細細的哭聲從不遠處的一棵大樹下傳來，雪地小徑周圍其實有許多被冰封的樹群，這棵樹不知道爲什麼還稍微有點樹葉，幾片帶著冰珠的紅楓凝在上頭，看起來很像枝葉的血淚被永遠凍住。

跪坐在樹下的是個衣著單薄的孩子，在這種大雪天不知爲何沒有多穿幾件禦寒衣物，一雙手凍得通紅，約莫五、六歲的模樣，他很傷心地不斷抹著淚水，紫色的眼睛與眼眶隱隱紅腫，躺在他身前的是面容、年紀幾乎與他一樣的男孩，身上衣飾全被染得血紅，胸口開了一個大洞，毫無氣息。

我一看見他們，全身的雞皮疙瘩都起來了。

「夏……你們發生什麼事了？」連忙蹲到男孩旁邊，我看著很小的夏碎學長，不確定這是真的還是假的，再看向旁邊同樣小小的千冬歲，明明直接被貫穿要害而死，柔弱的臉上居然沒有一絲驚恐，反而很安詳地閉著眼，似乎很滿意地沉睡了，甚至有一點點溫柔的笑意。

學長和萊恩也蹲下來檢視千冬歲的狀況，兩人的臉都是嚴肅到鐵青。

五歲的夏碎學長抹著眼淚，滿臉惶恐不解，哽咽地發出極小的聲音：「我不明白……不是選我呀……他選錯了……」

「什麼選錯了？」

男孩並沒有回答我，只是低下頭，怔怔地看著躺在旁邊的弟弟。

「褚。」學長抓了一下我的肩膀。

我回過頭，發現學長和萊恩已經在看小徑的前方，順著帶血的路過去，在路的另一端、大樹下，同一對兄弟一站一躺，只是年歲稍大了些，結果卻是一樣。

沿著路往前，能看見他們一年一年長大，每個千冬歲都死在夏碎學長的腳下，十四歲、十五歲、十六歲……

這時候我知道爲什麼我們在試煉畫面中看見的千冬歲會是傷痕累累的樣子了。

他不是遭受攻擊。

十七歲的千冬歲躺在夏碎學長的身邊。

學長走到夏碎學長面前，看著滿手鮮血的搭檔。

「他還是選錯了……」夏碎學長閉了閉眼，帶著淡淡哀傷的語氣，「爲了他自己的選擇，一個也沒選，明知道試煉的傷痕會加諸在己身上。他爲什麼就不能跟隨歷史鋪好的軌道而做正確的選擇？」

「他不想再後悔。」萊恩盯著躺在地上的搭檔，表情複雜，即使知道這只是幻影，他還是開口：「他做的是他認爲對的選擇，或許每個人都認爲歲才是最重要的繼承人，但是在他心裡重要的是夏碎學長。這條路他沒有選錯，一個都沒有。」

我看向來時路，前面那些幻影已經都消失了，只剩下白茫茫的雪地與血跡，流下的鮮血不是幻影，而是順應自己心聲的證明。

「去吧，最後一個關卡，他在那裡。」夏碎學長蹲下身，扶起千冬歲，讓已經失去氣息的人靠在他身上，「你們趕上了最終的機會。」

我們離開血跡斑駁的樹下，沿著雪徑繼續向上走，這次路途很長，長到身後的景物全都逐漸隱沒在雪中消失。我想這才是試煉眞正的路長，畢竟在幻影裡我們看過千冬歲獨身一人在休息，他拖著每個關卡造成的傷，孤單走在這條雪白的路時，不知道在想著什麼，又是帶著怎樣的堅持才可以走這麼遠？

順著那些血跡，我們看見立在小徑終點的朱色鳥居，兩個人背對我們並肩站在那裡。

「歲？」萊恩大步走上去，喊了幾聲，這才發現他們似乎看不見我們，也聽不到，身著祭祀服飾的二人目光只注視著前方的男性，在他後方是石刻的龍神雕像，巨大沖天的石像栩栩如生，驚人氣勢從石中透出，既宏偉又莊嚴。

「你們兩人都有傳承，但是不足完成一切。」站在高台上的男人俯瞰兩名面孔相同的親子，語氣中沒有親情也沒有情感，彷彿被什麼附身，冰冷地開口：「交諸給一人是最好的做法，夏碎天生命薄，時間並不多，過早衰亡很可能會造成繼任斷層，影響家族大運。但身爲父親，讓你們有公平選擇的機會。」

男人身後走出兩名少婦，歲月幾乎沒有在她們臉上留下痕跡，她們依然美得驚人。兩人手上各捧著一把短匕，各自走到孩子們面前，露出溫暖柔和的微笑。

穿著紅楓服飾的少婦說道：「夏碎，將未來讓給弟弟吧，你必須守護他的一切，不讓任何危險逼近他，保護他成為改動腐敗的那個人，解放雪野家，才能將整個家族重新推往至高處。」

穿著白雪服飾的少婦說道：「千冬歲，將未來讓給哥哥吧，你必須扶持他、敬愛他，讓長兄名正言順地繼承上位，震懾雪野家，才能拔除那些腐敗，重新將家族引領至正軌。」

先有動作的是夏碎學長，他完全沒有猶豫，直接拿起自己母親手上的匕首，舉起手便準備往身上扎下去，但還沒刺入身體前就被一把抓住手腕。

「不是這樣選的。」千冬歲看著夏碎學長，露出微笑，然後從他手上取過匕首。「哥，你選過太多次，這次輪到我選了。」

千冬歲就這樣看著近在眼前的哥哥，那把匕首毫不猶豫地往自己的胸口筆直送去。

然而在沒入心口前，萊恩一把抓住千冬歲的手。

因為看不見也聽不見我們，千冬歲似乎有點疑惑為什麼有東西阻止他的動作，微微地轉動頭部往周邊看望。

「父親給了你們機會選擇，你們卻無法替自己做主嗎？」站在上方的男人看著僵持的夏碎學長和千冬歲，語氣轉為嚴厲：「既然如此，那替你們安排好命運，就不應該有怨言了吧，畢竟你們即便手握機會，也無法使用。」

「不，我的選擇……」千冬歲更用力想把刀往自己身上戳，但是抓住他的萊恩也同樣使力不讓他成功再殺自己一次。「什麼東西！快放開！」

萊恩當然是不可能放開。

同個時間，夏碎學長也有新的動作，他原本要掙開千冬歲的手去拿另外一把匕首，但發現他意圖的千冬歲把人抓得死緊，所以從我的視角看來，現在已經變成三個人的角力，誰也不放開誰的手，完全陷入僵局。

「既然無從選擇，那就由我來吧。」男人走過去，取走另一把匕首，徑直走向夏碎學長。

學長立刻制住朝夏碎學長動手的男人。「褚，這是最後一場試煉，想辦法扭轉！」

例如直接把他們老杯捅死嗎？

我眼神死地看著彼此咬死無法行動的幾個人，兩個母親則是站在原地微笑著，彷彿時間暫停的ＮＰＣ，幫不上任何忙。

要怎麼扭轉？

「給他們提示！」學長從後努力扣緊掙扎的男人。

提示？

聽不見、看不見，我們只能單方面接觸他們。

如果腦細胞可以抓出來掐死，我可能已經掐死幾千萬的腦細胞了。

要怎麼給提示！

如果可以給提示，我就告訴他們那個死龍神的陷阱還有神祭全是屁的事實了！

猛一抬頭，我看見那座高聳的石雕龍像。

就是那個！

始作俑者！

我搶走男人手上的匕首，眼也不眨地直接往石雕像射去，按照我的計畫，應該可以直接射入石像內，讓他們知道眞正要針對的是誰。

哐的一聲，匕首被石像彈開。

「……」學長冷漠地看著我。

「……」給我帥一次會死嗎靠夭喔！

忿忿地走上石台，我撿起匕首，先往石像開了一槍，然後把匕首插進打出來的裂縫裡。

雖然不帥，但是提示總有完成吧！

我回過頭，果然看見千冬歲凝視著卡在石像上的匕首，幾個人的動作也停下來了，不再死命掙扎。

「……萊恩？」千冬歲露出彷彿大夢初醒的表情，恍惚地看著好不容易插進去的匕首，輕輕地開口：「米可蕥？漾？」

他再次動了動手，這次不像先前一樣掙扎，只試探般稍微施力，然後緩慢勾出一抹微笑。

「是要我們兩個一起留下嗎……？」不知道是不是眞的察覺萊恩扣著他的手，千冬歲鬆開緊抓匕首的手指，奪命的利刃掉落在地。

萊恩直接把匕首踢遠，預防兩兄弟又搶撿武器自殺。

「千冬歲？」站在對面的夏碎學長帶著疑惑開口：「這樣無法完成我們的使命？」

千冬歲動了動被抓住的手，示意可以鬆開，萊恩也很有默契地放開箝制，但是很小心地守在一邊。

「哥，我們的使命只能爲了家族而活嗎？」千冬歲語氣透出痛苦，然後一把擁住有些詫異的夏碎學長。「那我們的意願呢？」

「生在雪野一族，我們的命運原本就是將家族傳承下去，爲了這些，你成爲家主進行改革是必然，一直以來你也都爲了這些而鋪路，剷除大多數腐敗的老舊派，眼看著雪野家族就能邁入一個新的發展。」夏碎學長微笑著拍了拍千冬歲的背，如同安撫小動物般，極度溫柔。「別因此痛苦與掙扎，你能夠做到最好，我相信你。」

「不對……不是這樣，我們的命運絕對不只如此。」千冬歲收緊手，突然一口往夏碎學長肩膀咬下去，彷彿要發洩長久以來的不安和怨忿，用力到衣服的布料上都染出一點淡淡的血紅他才鬆口。「你等著……失去的我會去搶回來，我們的命運不是爲了家族而生，也絕對不是爲了家族而死，如果世界這樣對你，我就要對不起你的所有一切陪葬！」

不知道爲什麼，我猛然覺得千冬歲這個發言非常不對，腳下突然一冷，我看見周圍的雪浮現出更多斑駁的血跡，散發出危險的氣味。

「千冬歲你誤會了——！」

我正要抓住千冬歲想辦法傳遞點什麼過去，所有積雪突然炸開，瞬間雪粉如霧將我們團團包圍，整片景色與人在這時全都消失，就連千冬歲也不見了，某種東西正在不斷對我們擠壓，好像想把我們趕出這個地方，而我們沒辦法拒絕，只能眼睜睜看著自己被雪粉推到別的地方。

死了！剛剛千冬歲最後的話實在有夠像要變成大魔王的前奏……希望在我們回去之前，他不要眞的變成大魔王……

拜託眞的別啊！

※

我們最後被推擠到了另一個空間。

雪粉完全散開後，留下來的景色還是雪景，不過鳥居和石台都沒有了，取而代之的是一座涼亭，中間有一尊看起來很簡陋的石像，與我之前看過那些很精緻、栩栩如生的不同，這尊石像看起來就是一塊巨大的石頭，被人很粗糙地用鈍器敲掉幾個邊角，笨拙地弄出個輪廓，遠看是個人形，近看卻又什麼都不是。

石像的「腳」邊突然有顆小腦袋探出來，居然是一開始見到的最小的夏碎學長，大約五歲左右，稚嫩的臉上還帶著懵懂無知。

我蹲下來和小小的夏碎學長平視，「你怎麼在這裡？千冬歲呢？」

「爲什麼你們不放棄呢？」夏碎學長有點不解地看看我，又看看後面的學長和萊恩。「放棄多簡單。」

「放棄很難的。」我笑了笑，摸摸夏碎學長的頭。平常沒有機會幹這種事，現在有免費ＮＰＣ就趕快多摸幾把。認眞地說，小時候的夏碎學長和千冬歲有夠可愛，白白軟軟的，加上他們自己的家族服飾，看起來實在很像座敷童子。「放棄之後，太痛了，眞的難。」

迷你的夏碎學長突然綻出很可愛的笑容，「好的，你們可以過關了。」

「啊？」我愣了愣，回頭看學長和萊恩，他們兩人也一臉莫名，可能不知道我們有什麼過關的地方，應該說連關卡都沒看到。

「因爲你們沒有被測心石攻擊啊，連幻影都沒有出現呢，你們三個都只看見矗立在這裡的石塊。那麼他們對你們而言，必定是很重要的，你們只想帶他們回去，這樣就夠了。」夏碎學長伸出手，把我放在他頭頂上的爪子拿下來，露出可愛的笑容：「取走需要的物品吧，希望你們能夠順利扭轉情勢，讓現實不要再那麼遺憾。」

我站起身，退到學長他們那邊，這時簡陋的石像突然發出很淡的光芒，淺淺淡淡的水光環繞著石頭，慢慢洗去上面普通又不起眼的顏色，轉變爲白玉的材質與優美的流光，不成形的輪廓也逐漸改變了形狀，所有線條變得溫潤圓滑，浮現眞人般的形體。

最終出現在我們面前的，是以白玉刻成的女性，穿著古老的巫女服飾，五官柔美帶著幾乎能軟化人心的吟吟笑意，抬起的雙手上捧著一柄同樣白玉材質的匕首，上頭刻著幾個符文，散發出一陣陣溫暖的氣息。

不知道爲什麼，看見白玉雕像的當下我莫名就蹦出這是巫女蘇芳的想法，而且完全沒有懷疑，好像這名字就直接刻在雕像上，沒有第二人選。

學長走上前，恭恭敬敬地對著白玉像行了個禮，然後取走巫女手上的玉匕首。

白玉像後面又傳來另個小小的聲音，巫女腿側再探出一張白皙小臉，與夏碎學長一模一樣，只是更小了點。

夏碎學長朝那孩子招了招手，小孩立即跑到哥哥身邊，用力地抱住他的手臂，像在保護最貴重的寶物。

看著他們，我突然有個想法浮出，下意識地開口：「千冬歲一直選錯嗎？但是他只是想讓夏碎學長活下來，爲什麼這樣選是錯誤的？」

摸了摸旁邊弟弟的頭，夏碎學長抬起頭看我，幼小的臉上添抹一些悲傷，像是自己也經歷過那些痛苦，帶著不忍與憂慮。「如果時間倒轉，他該如何做？他認爲只要沒有他，哥哥就會安全，再也不會遇到可怕的事情，能夠完全從被詛咒的命運裡解脫，所以他毫無猶豫地直接把自己抹除，只爲了讓哥哥能夠無憂地活下去。」

聽到這些話，旁邊的「小千冬歲」又更用力抱緊了夏碎學長的手，似乎感染了千冬歲本人的可怕執著和恐懼，甚至有點顫抖，我注意到他幾乎是用盡力氣，夏碎學長被絞緊的手臂與指頭都開始轉成不正常的顏色。

「他寧願殺死每一個自己，也不想再讓自己成為哥哥的死因。」夏碎學長又摸了摸身邊小男孩的頭。「但是這樣，無論是誰都活不下去的，哥哥怎麼可能看著弟弟死在自己面前，未來一點痛苦也沒有地安然生活呢？」

我聽懂他的意思了，確實，如果今天立場對調換成夏碎學長，他也不可能會眼睜睜看著千冬歲因為家族的關係為自己而亡，而且最後有極大機率會因為千冬歲的死導致更可怕的發展。他們的命運不管有沒有對換，只要他們是夏碎與千冬歲，結局都不會改變，畢竟他們從一開始就不是會犧牲血親、踩在骨骸上前進的人。

「不論犧牲誰都不行的，他們須要尋找第三種出路，這也就是你們在這裡的原因，不是嗎。」夏碎學長斂起悲傷的神情，重新抹上微微的笑意：「繼續前進吧，我們只是根據試煉者投映出來的心靈幻影，很快就會消散，但我衷心祈禱，希望接下來諸位都能一切順利，在現實中，真正拯救『他們』。尤其是千冬歲，執著會成心魔，黑暗一旦遮蔽了心，就會連眼睛一起蒙蔽，你們一定要緊握他的手，把他帶回來。」

「我們一定會的。」萊恩堅定地開口：「絕對會。」

夏碎學長笑著，目送我們離開。

走出涼亭後，白霧又慢慢朝我們湧近，開始抹去幻影。

我看著那兩個孩子手牽手，就像普通的兄弟一樣在白玉像旁邊開開心心地玩鬧起來。

最後千冬歲抱在哥哥的身上，純粹又開朗地笑了。

第四話　幽冥

從白玉像處離開後，有一小段時間我們三個人都沒有開口說話。

這時候我在思考的是眞的有兩全其美而不要傷害到任何一人的方式嗎？無論如何，傷害已經種下了，今後夏碎學長和千冬歲不只還得有一段路要走，如果他們兩人想的話，還有與父親的親子關係必須修補……雖然和那種人不知道有什麼好修補的，但畢竟是他們的父親，難免有可能會心軟。

不過在那之前，我們還有不少工作要做，要不然後面那些煩惱也不用煩惱了，因爲根本沒有未來可言。

還得考慮千冬歲會不會變成大魔王，唉！

「禍印不是什麼好應付的東西，即便黑龍王已經先擊傷他。」學長突然開口，主要是針對我說：「褚你有黑色血脈，可能在毒素與黑暗前會比較有優勢，但對方畢竟還是龍神，擁有白色力量，挖取心臟時要很小心。」

「好。」我點點頭。

「其他問題你們不用管，專心在自己必須做的事上就好了。」學長拍了一下表情還是很憂鬱的萊恩，「不會失敗，放心。」

說眞的，學長說話感覺就是很可靠，但是突然脾氣這麼好我也有點害怕。

就在簡短的幾句話之間，周圍氣氛開始轉變。

一踏進最後任務的範圍區我馬上就知道了，因爲氣流瞬間凝滯，很明顯是到了另外一個空間，領域內沒有生命氣息——除了不遠處持續傳來非常突兀的強大力量和憤怒，以及源源不斷的血腥殺戮氣味。

接著就看見一條三頭龍被釘在不遠處。

不是軀幹比較龐大、西方龍那種形體，而是比較東方龍的條狀，然後上方部位分裂出三顆腦袋……叉子看過沒，就是類似那樣；龍體高得跟一棟摩天大樓差不多，每顆腦袋則約兩、三層樓大小，瞬間讓我感覺我們是三隻螞蟻。

三頭龍明顯被黑龍王海扁過，黑中帶紅的身軀傷痕累累，不少部位的鱗片都禿掉了，破碎地散落在四周，每塊鱗片上面則有各種毒蛇毒蟲在爬動，散發出惡臭。黑龍王把三頭龍釘在原地的方式也滿神奇的，使用的大概是祂自己力量凝聚的武器，並非那種經過鍛鑄打造的款式，一體成形就像一根根長釘，把拚命想張開的三張龍嘴分別釘在地上，接著的是從後頸貫穿插入地面的一針，然後龍爪子也分別被釘，最後是背脊、腹部、尾巴。

簡單地說就是被釘得像某種要被解剖的生物一樣。

一發現我們到來，三頭龍所有眼睛——對，我本來以爲他只有六顆眼，但下秒他腦袋兩側到長條的身軀兩側都張開滿滿的黑紅色眼睛，直接讓人密集恐懼起雞皮疙瘩。

「幽冥敢讓你們這些螻蟻對神出手？」

雖然龍嘴被釘起來，不過三頭龍暴怒的聲音直接灌進我們的大腦，力量衝擊之大，我的腦袋整個劇痛，鼻血跟著流下來。

還好我最近也常常精神攻擊別人，很快擋住這種撕裂的疼痛，用自己的方式逐步緩和。

轉頭一看，學長和萊恩根本完全沒有畏懼的神色，相反地，兩人都帶著憤怒看著搞雪野家的原凶，如果不是這麼大一條，他們兩個可能馬上就把這龍神壓著暴打。

「就是你害歲這麼痛苦？」萊恩雙手轉出兩把我從來沒看過的灰色大刀，整個人充斥滿滿殺意，完全沒有平常寡言好相處的樣子，恐怖的神色連我看了都會怕。

「夏碎的帳找你沒錯吧。」學長揮出長槍，寒冰和烈焰已經在他身邊轉繞，大有想把對方打得連骨灰都不留的低氣壓。

「愚蠢的螻蟻！那不過就是無所謂的媒介，九鴆目的遺骨遠比那兩隻螞蟻有價值多了！」

三頭龍再度怒吼，大量毒蛇從他身上掉落，全都豎起來對我們發出嘶嘶的警告聲。「等本尊從這裡離開，你們這些跳蚤一個也活不下來！」

「喔，那是不是就不能讓你離開了。」我摩擦了下拳頭，覺得這龍神怎麼如此誠實呢，都開這個口了，沒在這裡把他剁掉就不識時務呀。

說起來一樣都是龍，魔龍的等級和這些龍神相比不知道怎樣？

看魔王都有點怕他的樣子，恐怕魔龍活著也是個要被趕到六界外的存在，而水火妖魔們可以巡遊世界，應該是介於中間點。

「本尊會詛咒你們世世代代不得安寧！」三頭龍繼續進行腦內咆哮。

我默默地把手上的小缽抬起來，黑色液體搖動出邪惡的意念氣息，三頭龍瞬間煞住謾罵，停頓兩秒接著重新抓狂嘶吼，「該死的幽冥！竟然敢讓這些跳蚤觸碰濁神物！膽敢如此羞辱本尊！本尊得到力量後絕對要宰了妳！」

數不清的蟲蛇直接朝我們席捲撲來，密密麻麻簡直交織成一張巨浪般的大網迎頭蓋下。

學長和萊恩同時有動作，兩人一前一後踏地衝出，右邊的烈焰燒出火牆正面硬槓蟲蛇猛獸，轟然巨響燒得大量毒氣和焚體黑灰不斷噴發爆出，左邊的冰霜則是快速包裹起那些毒物，一顆顆冰球往兩側滾去。

緊接在後的萊恩灰色大刀落地，沉進地面的同時，三頭龍周圍從地裡向上拉出灰色線條，不斷相互交織成繩狀，一條條往三頭龍身上緊鎖。

這時就可以很明顯感受到三頭龍的力量幾乎被黑龍王削減得異常衰弱，明明是龍神卻直接被學長和萊恩先出手攻擊了，如果不是因爲知道黑龍王動過手，乍看之下會以爲雪野家主的主龍神弱到爆炸。

我走上前，正想把手裡的東西丟到三頭龍身上，沒打算坐以待斃的龍神從被釘住的嘴裡發出壓抑的怒吼，帶著血氣的毒霧自他身邊翻滾湧出，將我們隔離在外，硬是阻住學長和萊恩的攻擊，似乎打算這樣僵持到困住他的切割結界破裂。

說起來，如果用這東西讓對方墮神，那和被陰影或毒素扭曲有什麼不一樣？

空間發出轟隆巨響，周遭空氣與地面開始出現細小裂痕。

「褚！」

我猛地回過神，驚覺自己居然恍神了，一條比我腦袋還大的蛇信已快甩在我頭上，幸好老頭公反應夠快，直接把遭攻擊位置的保護壁加厚，瞬間只聽到很大哐的一聲，那條黑色帶刺的蛇信在我眼前幾公釐的地方揮過去，黑色口水還黏在保護壁上，我直接轉出爆符狙擊槍塞進蛇的嘴裡，眨眼就把大蛇打得腦勺開花。

轉過頭，看見學長和萊恩被更多毒蟒巨蟲包圍，兩人幾乎快被埋住了，被他們砍掉的毒物黑血不斷噴濺在地，一層冰霜快速覆蓋其上，讓毒血產生的毒蟲直接被凍在裡頭爬不出來。

三頭龍其中一顆腦袋奮力地終於仰起，黑龍王的長釘直接穿過他的嘴巴，留下醜陋又大的傷口，從那個空洞裡不斷流出血，化爲更多毒物往下掉落。

「你們這些跳蚤死定了！」

一顆腦袋得到自由的三頭龍咆哮，就在我面前張開樓層大的嘴，暴風般的臭氣衝到我們身上，連那些蛇蟲都被噴飛一堆。

我身上所有保護術法瞬間起反應，全都變成最高防禦狀態，黑色的鳥形幻影在我們前方張開雙翅，攔下衝撞過來的凶猛攻擊。

三頭龍怔了下，那隻鳥發出尖銳嘯聲，直接往三頭龍撞去。

「獄界的插什麼手！」三頭龍大吼。

鳥只是法術，當然沒有回應，埋頭非常努力朝著三頭龍放第二波攻擊，凶殘黑光掃去，把三頭龍的皮肉狠狠剮了一大塊下來，把龍神打得發出嚎叫。

……黑王在我身上留下這種保護法術也太可怕了一點，更可怕的是他沒有告訴我。所以這是感受到太強的襲擊就會反噴出來攻擊的東西嗎？可以用幾次啊？

抓準三頭龍被鳥啄露出的破綻機會，我把小缽反扣進子彈裡，然後上膛，這時候黑鳥正好用爪子拉住三頭龍的上顎，把他的嘴整個大大抓開，瞄到這瞬間我毫不猶豫地扣下扳機，把狙擊彈打進這混蛋的喉嚨深處。

下秒黑鳥被三頭龍暴怒的力量撕碎，但他也來不及擋住子彈，爆符彈在他的脖子裡爆炸，順勢把小缽裡的東西也炸進他體內。

三頭龍這次發出幾近慘烈的怒吼，大概就是被踏到蛋蛋那種感覺，我意識到有看不見的強大力量像刀往我腦袋上砸過來時已來不及躲開。

「不要發呆！」一隻手抓住我的後領直接把我向後拖，學長擋到我前面，層層疊疊的法陣眨眼完成，硬是扛下原本可以把我劈成肉泥的凶狠攻擊。

站在後頭的萊恩跳出來，手上從村裡帶出來的盒子已經拆開，裡面是另一個黑色盒子，盒子一取出來突然整個扭曲，變成我們腦袋般大小，且有某種怪異的感覺攀附其上。

「等等接好。」萊恩把盒子塞到我手上，手一轉，握住銀色的雙刀直接朝三頭龍急速俯衝過去。

被黑色液體侵入後，三頭龍怒吼一陣子便突然僵住不動，學長掃掉周圍一波蛇蟲開路，萊恩則趁隙滑入龍體的胸腹處。

這過程很快，三頭龍再次咆哮想要翻滾卻被釘住不能動時，萊恩已從下方翻出來回到我們身邊，整個人有點脫力地跪了下來，身上多好幾處像是被濃酸潑到一樣的灼傷，就連他衣服上的保護都沒擋住，許多防禦術法完全被破壞，冒出危險的黑煙並繼續擴散侵蝕。

學長快速地往他身上按進幾個精靈術法，總算勉強把那些侵蝕傷口的東西中和掉。

「沒事吧？」我連忙翻找出一些黑王給的藥物塞給萊恩。

「嗯。」萊恩點點頭，咬牙撐起身，然後將手上的東西遞給我。

那是一塊手掌大的黑色鱗片，比起掉在地上的那些小很多，但是上面散發出的血味卻比所有散落的加在一起還要濃郁，才嗅了一口我就發現我的血液和黑色力量沸騰翻滾，差點衝破身上那些禁制守護飆出來。

我急忙打開盒子接手把那塊鱗片塞進去，蓋好後看見萊恩一雙手同樣被腐蝕得很嚴重，手掌上都露出骨頭了。爲了爭取時間，他衝進去時並沒有分心修復被破壞的保護術法，而是一口氣剝下鱗片，造成傷勢極度慘烈。

所爭取的時間就是要留給我。

「沒事。」注意到我的視線，萊恩取出布條把手和傷口紮緊，把那些讓人看了眼角生痛的傷勢藏起來。「回去治療就會好了。」

我點點頭，接住學長拋過來的銀色短刀，上面包覆著精緻的精靈術法，爲了使用濁神物，所以我把白色種族的部分全都埋進體內深處，現在拿精靈的刀明顯有些不太舒服，而且接觸的手隱隱有點痛。

調動少數白色力量在手掌上，我衝進學長再次清出的通路。

三頭龍被剮了逆鱗後整條龍從尾巴開始發黑，噴出的蟲蛇更加凶猛，裡頭還出現小型魔獸，全部被學長掃來的強烈冷氣打到兩側，凍成兩大片冰壁，冰霜沖天，極度的低溫連空氣都凝結了，細細雪花不斷飄落，牽制三頭龍的憤怒暴動。

在三頭龍的腦袋全部結冰暫時停止動作的同時，我也鑽進下方，近看才發現萊恩受傷的原因。

龍軀底下已經變成一片淺淺的沼澤了，毒物把地面大片大片溶解，現在被冰凍暫時傷不了人，不過已慢慢融冰，往上冒出有毒泡泡。

我正想著自己好像不知道心臟在哪，就看到一圈白色冰霜不斷往同個位置飄，顯然是在替我這個智障指引方位，跟著往前跑了一小段，果然看見正上方一塊鱗片被剝去大半的黑皮膚裡跳動得特別厲害，但是那個範圍有夠大，搞不好心臟比卡車還大。

然而現下狀況不容我多想，地面被溶解的速度加快，我抓住頭上的鱗片，借力把手上的精靈短刀插進三頭龍的皮膚裡，刀沒入的傷口噴出一股毒氣，我用黑色力量凝成的保護結界把那些惡氣毒素導入掛在身上的小飛碟裡讓它吸收。

帶有混亂氣息的龍血從上方噴濺而出，最開始像細雨般淋在結界上，隨著傷口拉大，幾乎如同瀑布灌了下來，濃厚的腥血氣味環繞四周，讓我整個人越來越不爽了。

加快切開皮膚的動作，在傷口變得比我身高還長時，裡頭跳動的黑色心臟緩緩露出。

認眞說，黑龍王還是他媽太抬舉我了。

這東西是要怎麼掏出來祢告訴我！

「不要猶豫。」

我還在思考要怎麼把心臟弄下來，不知哪冒出來的萊恩抓住我的手直接把精靈刀往心臟捅過去。

還沒反應他怎麼又衝進來，那顆插著精靈刀的心臟變得像熟透的果實，不斷顫抖後隨即一震，周邊血管骨骼肌肉急速萎縮，直到再也支撐不住，整顆心臟竟然就這樣往下掉，而且一邊掉一邊縮小，十分神奇，最後拳頭大小的黑紅色心臟掉落在腳邊，還在猛烈跳動。

「快放進來。」

萊恩纏滿布條的雙手捧著那個盒子，我連忙撿起心臟往盒子一塞，蓋子一關，什麼鮮血濃郁的戾氣立即消失不見，完全被封鎖在盒內。

腳下突然一頓，最後一塊冰面也被腐蝕，我直接踏在毒沼澤裡，黑暗力量形成的保護術居然也被溶化了一小片，徐徐冒出不祥煙霧。

好的，這時候誰也不用開口，我們兩個默契瞬間達到一致，轉過頭就往來時路跑，不過才踏出兩步就好幾條大蛇衝過來。

萊恩扭身揮出雙刀斬掉蛇的腦袋，與此同時，三頭龍衝破了冰霜禁制，整個身體重重往下壓，打算直接把我們壓成肉泥。

再次凝結的冰柱強硬撐住三頭龍的重壓，順勢將我們面前的蟲蛇掃掉，露出通路。

拽住我的手，萊恩用最快速度衝出去，只差不到一秒，整片冰柱瞬間被壓垮，轟然巨響和噴出的氣流把我們兩人掀飛出超遠距離。

完全大爆發的三頭龍在同一時間炸開身上所有長釘和武器束縛，徹底恢復自由，驚人的咆哮聲震得空間劇烈晃動，幾乎瀕臨瓦解。

我在地上翻過身，看見三頭龍半具身體都染黑了，從那裡傳來腐朽污濁的黑暗氣味，顧不得背脊上好像燙傷一樣的疼痛，我直接散出自己的恐怖力量朝那些被染黑的位置一擊，順帶配合精神攻擊：「給我站住！」

一隻爪子掃來，一邊的萊恩撲過來護著我的腦袋往旁滾開，險險避開巨爪，接著被引動的黑暗力量終於牽制住三頭龍，讓他彷彿半身不遂、肢體不平衡地偏向側邊踉蹌，一時之間居然無法站穩，出現了怪異的滑稽姿勢。

翻滾兩圈，我從萊恩的手裡鑽出來，再次凝聚起黑暗力量化爲看不見的鎖鏈戳進龍已經染黑的部分，三頭龍龐大的軀體一顫，急速腐化的右側腦袋咆哮了聲，猛地扭過頭往中間那顆腦袋的頸子咬去。狂暴三頭龍渾身的沸騰戾氣揉合恐怖之力洶湧爆出，差點瞬間讓我沒維持住理智，意識裡只剩下要殺光所有生命這個選項。

下一秒我重拾冷靜，阻止差點往萊恩身上插進去的黑色力量，暗色氣流在空中轉了圈，再度直撲三頭龍。

接連在後的是新一波冰冷寒氣。

一雙手把我和萊恩從地上拽起，我抬頭一看，學長白皙的臉上全是血，半張臉爬滿銀色圖騰，露出的手背和脖子也都是冰冷紋路，顯然接二連三抗衡三頭龍的強大冰力讓他負荷很重。

「褚，收掉力量，『界』要碎了。」學長抹掉嘴邊的血漬，拉著我們退開一大段距離，幾張等級異常高的靈符旋繞轉出，展開十多層保護結界。

「已經確實拿到心臟。」萊恩收起盒子，把幻武兵器也召喚回來。

「回小神市。」看著撞破好幾層結界的三頭龍，學長取出宿雨交給我們的紫陽花團，一邊的萊恩也是相同動作。

我趕緊跟著拿出收著的那團花。

三頭龍眨眼衝破保護結界的同時，脫手而出的紫陽花飛往前、整朵散開，大量花瓣發出微光，在我們前方組成一大面盾牌般的守護，強硬擋住差點撞到我們面前的三頭龍。

「宿雨！一介低賤的植物靈敢插手我們龍神的事！」氣瘋的三頭龍一爪在花瓣防禦上抓出三道破口。不過防禦很快又被更多細碎的花瓣填滿，為我們爭取撤退時間。

無視正發狂破壞紫陽花瓣守護的三頭龍，學長快速打開通道，一整排鳥居出現在我們面前，彼端是小神市的模糊景物。

我和萊恩一前一後撲進通道，回頭看，只見最後進來的學長身上圖騰紋路整片轉紅，凝結的冰霜急速融解，火焰瞬間填滿即將破碎的「界」，地獄烈火般吞噬身在其中的三頭龍。

三頭龍吼叫著，被淹沒在火海裡。

※

我們摔出小神市的位置正好在神社正前方。

一著地我馬上彈起，扶住倒下的萊恩，這時他身上已經很不妙，手腳被腐蝕得相當嚴重，身上各處不斷滲血，大半張臉都被毒液濺傷成了斑斑駁駁，好像會毀容。

「他太勉強了。」學長抓住萊恩的肩膀，臉色變得很難看。

「你沒資格說別人啦！」我拍掉學長的手。還想轉移啊！是不是沒看到自己也去掉半條命！

別說萊恩傷得很重，在外面控場的學長同樣沒有好到哪裡，他幾乎是用一己之力扛下所有毒蟲和攻擊，讓我們兩個可以執行剝龍任務不受太多影響，身上圖騰紊亂得很厲害，雖然沒有失衡，但好幾塊圖紋裂開迸出鮮血淋漓的傷口，把身上衣物浸得濡濕，不斷有血滴在地上，顯得怵目驚心。

比起來，被侵蝕影響最小的我反而只受了點輕傷，整體狀況好太多。

白了學長一眼，我撐著萊恩，見學長還能自己走路就趕緊扶著人往神社裡面走去，果然才剛經過門就看見朔日姬和面帶恐懼的喵喵朝我們迎過來，喵喵整個人都快被嚇呆了，大哭著先幫狀況最危險的萊恩緊急治療。

神社內沒看見狼神和紅龍王的影子，祂們應該是去追擊邪神了，原本的三排座位上只剩下黑龍王、銀白色的人影與宿雨。

「只是傷重了點，還能保住性命回來算不錯了。」黑龍王冷冷一笑，居高臨下俯瞰急著治療的我們，視線停留在萊恩身上。「人類果然脆弱不少，這點毒就差點要了你的命。」

「東西在這裡。」萊恩取出盒子，交到旁邊的朔日姬手上，讓小女孩上前呈交給黑龍王。

「讓我去幫歲。」

「……急什麼，說過那條路只能奉神者自己走，而且都讓你們作弊過了。」黑龍王不以為然地掃了眼萊恩狼狽的樣子，想想又口吐嘲諷：「況且區區一個人類，傷這麼重還有什麼可以幫得上忙，乖乖坐好等人治療吧。」

「……」萊恩大概是真的傷得比我想像還嚴重，在喵喵的眼淚攻勢下只好盤腿端坐，沉默地接受治療。

這時，那個銀白色的人影開口：「既然此事是龍神先做出，按理而言是你們理虧，必須對我們巫族做出補償。」

「姊姊的奉神者還輪不到你來討補償。」黑龍王呸了聲。

「這可不行，巫子已經半步踏入幽泉，魂靈被邪惡撕扯，既然龍神對吾等巫子下手，那也就只能請黑龍王作為代表，對巫神支付賠償。」白色人影淡淡說道：「賠償即開啟幽冥，令這幾位小友能協助巫子去除攀附的邪祟，如此龍神境對巫族的虧欠便可抵銷。」

黑龍王盯著銀白色人影看了幾秒，嗤了聲：「這不就便宜龍神境嗎。」

「既然是兩方共有的血脈子孫，開個方便之門又何妨，紅龍王、黑龍王兩位不也是為了這些孩子們急著趕回嗎，何況逆天改命的後果我等雙方仍須承擔。」人影不疾不徐地輕輕笑了聲，轉向我們：「邪惡已經腐蝕了龍神奉神者的身體與心靈，雖然狼神趕往追捕藏匿於後的邪惡，但死亡暗影徹底籠罩，等不到狼神除去本體，現在由吾將巫子的魂靈與身體暫時剝離，邪神刻印在吾等力量壓迫下，會短時間附著到魂靈之上，糾纏魂靈、並逃入前往安息之地的幽冥途徑，藉此機會吾會留在此修復軀體損傷。」

一絲淡淡的銀光從人影身上分離，輕飄飄地落到我們前面，形成一個人的形體，不過還是淡光的模樣，看不出五官神情。

巫神朝學長伸出手，學長很快交出在玉石像那邊帶回來的匕首。

取得玉匕首後，巫神轉身走向安放夏碎學長的地方，在他安睡般的身體上泛起幽暗的微光，如一層薄薄的膜將人完全籠罩，幾個圖紋分別印到夏碎學長的額頭、手腳等部位。

「一旦魂靈被拖入幽冥，就會加速被邪穢腐蝕。現請黑龍王爲你們打開幽冥之徑，會暫時固定部分幽冥途徑的時間，你們盡快將人從泥沼中拉回吧，若是再晚下去、被邪祟吸收，就眞的無藥可救了。」

說完，巫神人影高抬起手，將玉匕首直接插進夏碎學長胸口的致命傷處，一邊的喵喵發出驚恐的抽氣聲，我則是整個愣住，腦袋瞬間一片空白，不知道該做什麼反應。

原本氣息很衰弱的夏碎學長就這樣慢慢地，停止呼吸，一點一滴地退去生命跡象。

「快行動吧，時間有限！」巫神催促。

我轉頭看向傷勢也很重的學長，本來想說我自己去，結果這傢伙已經在吞一堆藥物，簡直可以用狼吞虎嚥來形容，這輩子沒見過學長吃東西這麼沒氣質，裂開的傷口緩慢修復著，比原本看起來好了點。

「走。」隨便把比較嚴重的傷口亂紮幾下，學長推開朔日姬站起身。

「您應該不會走到一半暴斃吧。」他這樣子我很害怕。

「你再囉嗦你就會走到一半暴斃。」學長殺人目光直接掃過來。

一旁的萊恩立刻有動作。「我也……」

「你不行。」黑龍王出聲打斷萊恩想起身的動作，「你既不是黑色種族也不是那種皮厚打不死的狼族，帶著這種傷走幽冥徑會回不來，那邊的鳳凰幼子生存率都比你高，到此止步吧，人得知道自己的能耐在哪裡比較好。」

「……」萊恩低下頭，看不見他的表情。

我有點歉疚地看著萊恩，如果不是因爲幫我，他也不會傷這麼重，還有好幾處見骨的傷尚在淌血，連喵喵全力治療都很難第一時間恢復。

學長拍了下我的肩膀，示意我必須立即出發。

黑暗的通道在我們面前打開，充滿死亡的腐朽氣味。

其實我覺得狼神祂們應該是把這些事情都安排好了，或者這就是祂們預定在最糟狀況下的B計畫，否則祂不會那麼乾脆放著人去揍邪神，祂們打從一開始就預計著讓我們去取得三頭龍的逆鱗和心臟，接著去把瀕死的夏碎學長帶回來，做最危險、也是最後放手一搏的賭注。

體驗過紅龍王和黑龍王的傲嬌嘴賤，我沒有太多質疑，甚至我覺得千冬歲說不定有很大的機率是安全的，不會像我想的那樣直接變成大魔王。

這麼一想，我本來充滿怒氣的腦袋終於有點鬆緩，不再那麼怨憤緊繃。

「錯了，危險性還是大到能致死、毀滅一切。」黑龍王的聲音從後頭傳來，似乎看穿我樂觀的想法，冷冷淡淡說道：「妖師小子，永遠不要小看人心能產生的東西，那才是最可怕的毀天滅地利器。」

我點點頭，跟隨學長的腳步進入黑暗。

※

爲什麼必須要強硬把靈魂剝離？

走在覆滿死氣的黑暗通道上，我提出疑問。

「夏碎已經不行了，如果巫神不動手，他的神魂也會開始分離，逐漸被印記侵蝕。」學長轉過頭，目光有點黯然，然而步伐依然堅定。「狼神與紅龍王即使眞的在短時間內挖出邪神本體，但按照那東西的狡猾程度，肯定不會簡單召回所有碎片，反而會激化碎片有更大動作，狼神與紅龍王依舊必須擊殺對方才行。」

如果眞的要完全擊殺，那得要花不少時間，我點點頭，表示理解。「所以才要先想辦法分開嗎？」

看著學長身體隱隱發著光，有點像以前看過的其他精靈，那種微光讓周圍的黑暗不敢過於接近我們。

「不想刻印被其他神祇刻印覆蓋的狀況下，像這樣陷入瀕死的魂靈會開始離魂，通過亡者幽冥途徑往安息之地而去，這時在魂靈上的刻印會開始變動，有機率跟隨分離的魂靈離開軀體，因爲魂靈的存在比起軀體重要很多，所以邪祟偏好在進入安息之地前徹底吞食魂魄與意識，接著返回並完全佔據尚有生機的軀殼，如果眞的走到那個地步，就完全沒救了……當然最可怕的狀況是在分離之前就已徹底被染黑佔據，這種連最後機會都沒有。」學長揮開試圖往我們身上纏繞的不明黑色霧氣，說道：「一般情形是要看『機率』，不過我們算幸運，巫神原本就是溝通天地鬼神的使者祖神，加上我們取回來的祭器，可以透過巫神的力量把刻印與碎片強制逼出，不是逼到魂靈上就是軀體上，但軀體墮落的速度比魂靈快很多，所以只能放在魂靈上，但同樣很危險。」

雖然我不太懂兩方危險的差異，不過既然巫神是選擇放到魂靈上，那就表示祂們覺得這樣的勝率比較高，至少這點可以相信。

冷靜下來後想想，其實夏碎學長他們眞的算是有點幸運，這種方式似乎必須要在黑龍王與巫神都到場的狀況下才有辦法使用，這種神級人物看起來也不會輕易湊巧坐在一起聊天然後正好碰上我們遇難。

「只是如果失敗，就會直接魂飛魄散，什麼都無法留存，這方法僅有一次機會，也是最後的唯一希望。」學長說出了很恐怖的後果。

「呃……萬一我們失敗怎麼辦？」我抖抖地看著學長。

學長面無表情地回答我：「我相信夏碎會撐過去。」

靠夭！

你也沒有十成十的把握啊！

相信夏碎學長會撐過去是什麼概念！

他要死之前就是一臉撐不下去啊！

你們這種沒根據的信任大法讓人覺得很毛骨悚然欸！

看著堅信不移的學長，我感到無言。該不會以前我沒有抓狂都是因爲他這種毫無理由的相信吧？想想還眞的有可能，學長的思考模式搞不好只有兩種：我相信你，我砍掉你。

怕爆。

在我想追求一下更進一步的確實方案前，黑霧在我們面前散開了，出現的是一潭池水，周圍有著點點螢光，映亮了水邊的人影，那人背對著我們，只穿著一襲單薄的深色和服，頸側與後頸仍然爬滿讓人怵目驚心的黑色紋路。

「夏碎學長！」我怔了半秒，馬上拔腿跑過去。

站在那邊的人微微轉過頭，同樣帶著紋路的蒼白面孔淺淺一笑，看上去脆弱病態，不過沒有神智混亂的樣子，眼神反而如往常精明。

和我差不多同個時間到達的學長鬆了很大一口氣，果然這混蛋傢伙也是用賭的。

「你們來了。」有點透明的夏碎學長彎起溫和的微笑。

我伸手抓了抓，摸不到夏碎學長。

「你做了多少手腳？」學長嘆了口氣，無奈地看著他快死透的搭檔，然後快速在周圍放下好幾個精靈術法，替對方穩固有些飄忽不定的形體。「天使符文都用在這裡了對吧。」

這麼一提，我想起之前在夏碎學長身上看過的細緻符紙。

「嗯，我預設了很多可能性，如果真的有萬一，或許在被吞噬之前還能爭取一線生機，當然是建立在不是替身而死的狀況上，還有我那少得可憐的運氣。」夏碎學長抬起還未被黑色圖騰纏繞的另外一手，手臂上有著天使符文，以及一些我沒見過的紋路。「呼喚紅龍王時，龍神就會衝破父親設在千冬歲身上的召請限制，黑龍王自然會隨之到來。黑龍王可短暫控制死亡時間，極可能會開啓幽冥通道讓你們來找我分離的魂靈，天使守護可以吸引刻印跟隨，並多撐一些時間……雖然也快要沒時間了。」

我看著符文顏色已經很暗淡了，那些黑色圖騰正在往其他部位侵蝕，速度很快。

「刻印呢？」學長抓住夏碎學長的手，身上那些微光包覆到天使符文上，勉強讓黑色圖紋速度慢了些許。

「這裡。」夏碎學長按了按自己的胸口，然後指向水潭：「還有那裡。」

跟著看向水潭，我才發現那上面正在快速閃爍各式各樣的畫面，有的模糊不清，有的卻很清楚，而在水潭的深處有另外一個夏碎學長靜靜地沉在那裡，看上去睡著般很安詳，也沒有什麼圖騰紋路和大小傷口。

這時我突然注意到水潭上在閃爍的畫面，竟然有幾幅是我看過的，屬於九鴆目和那兩位雪野家夫人的舊事。

「你依然動搖嗎？」學長看著那些快速轉動的眞相往事，頓了頓，表情有點難以形容地看著夏碎學長：「知道眞相後，你還願意回來嗎？」

「……」夏碎學長搖搖頭，淡淡地笑著：「你們看看這邊。」

順著夏碎學長的指引我們看過去，其實那段往事我也見過，是大夫人在楓紅似火的季節裡牽著年幼的孩子玩耍，他們隨性地在庭院裡翩翩起舞，兩人都笑得非常純粹，那個時候沒有任何陰謀或毒計籠罩他們。

一個轉圈，年幼的孩子絆了一下撲倒在地面，美麗的婦人帶著笑扶起幼子，而在這時候另外一雙白皙的手伸過來，幫忙扶起孩子。

少婦們相視一笑，旁邊傳來小小的跑步聲響，另一名孩子撲在摔倒的男孩身上，緊張兮兮地用力收緊手，就怕對方再摔一次。

女性們微笑著以地為席，坐下身與孩子們同樣的高度，平視著幾乎長得一樣的兩名幼子。

「希望你們兄弟互相扶持，母親們無能，見不了更長遠的未來，但你們一定要健健康康，平安地成長，夏碎要好好保護弟弟。」

「千冬歲也要好好保護哥哥。」

「為了那即將到來的時刻，你們要一起活下去。」

「就算，這些你們很可能都會忘記……我們也會忘記……」

「希望你們能互相扶持走出真正的道路。」

「這是我們真正的期盼與願望。」

「你們要好好地，一起活下去。」

第五話　朋友

夏碎學長與千冬歲的母親們從來就沒有想過要讓他們犧牲生命保住另外一人。

我看著那些過往回憶，想起了千冬歲的試煉幻境，那兩名捧著匕首的少婦讓人莫名地心寒……千冬歲的心境折射出這樣的考驗嗎？

難怪試煉裡小小的夏碎學長幻影會充滿憂慮，千冬歲很可能不知不覺間，潛意識對兩位夫人當時的話語起了某些不滿，進而讓自己出現了那種令人膽寒的選擇。

那些幻境最後又會給千冬歲帶來怎樣的影響？

畫面漸漸淡去模糊，取而代之的是黑暗，然後在其中燃起微弱的燭光。

男性的聲音緩緩傳來：「忘記吧，你們兄弟間沒有什麼羈絆，爲了該來的那天，以己身成就龍神之血。」

「我們這一代將會完成前人從未有過的壯舉，這是龍神預見，必定會成眞的未來。」

「什麼兄弟親情、對母親的眷戀，不過是成功之路的絆腳石。」

「忘卻那些可笑的話語，你們才能眞正完成我雪野家的偉大霸業。以生命去奉獻，取出血作爲鋪路，令龍神的榮光重新降臨，這才是眞正該做的事。」

聲音漸漸遠去，然後消失。

潭水上走來穿著美麗服飾的婦人，楓紅的色彩像血一樣將她的衣袍染得艷麗無雙。她帶著笑望向我們，朝夏碎學長伸出手：「本座既然有替你追回所有記憶眞相的能力，也有讓你成神、手握對這些事復仇的力量。死亡不算什麼，死去才是眞正的開始，爾等接受本座賜予，小小的龍神境都可踏平，管他龍神血脈、巫族傳承，九鴆目的遺骨在本座的力量下只是爬蟲，想要令『她』從安息之地回歸也不是難事，只要你身心誠服本座。」

「夏碎學長！」我看著邪神化成的女性，急著想拉住夏碎學長，然而手還是穿透而過，並不像學長可以順利抓到人。

「小妖師，你不是很好奇爲什麼要特地使用濁器對付禍印嗎？」女性突然轉向我，笑容美得詭異，蠱惑的聲音傳來：「那是因爲，陰影會讓龍神完全扭曲，再也回歸不了世界，而濁神只是讓他轉爲墮神，等到哪一天他重新洗乾淨自己，還是有機會回到神界，換句話說……黑龍王看似懲罰禍印，實則留了條生路給他，他們終究還是同族，嘴上說說，不會眞正下殺手。」

「！」

「褚，不要動搖。」

學長按住我的肩膀，沁涼的力量傳來，讓我清醒不少。

但我很確定邪神不是在說謊，陰影扭曲不可逆，不過墮神可以保全軀體和理智，黑龍王確實留了條後路給三頭龍。

可是有人留過後路給夏碎學長和千冬歲嗎？

「你看，即使是你們信賴的龍神，也會袒護自己的同族。」女性站在夏碎學長面前，露出心疼的神色捧住他的臉，「讓自己更輕鬆吧，不論是神或是血親，遭到背叛的永遠都是你，為何要死守那些誓言而不是為己而活？你只是想回到那段時光，不是嗎？」

「看看這個世界，戰火正在燃燒，即使你多麼想要保護他們，種族也是永遠都重複著同樣可笑的循環，不如讓一切燒盡，以鮮血清洗世界，重新塑造出你的理想。」

水潭突然爆出大量霧氣，在我們周圍不斷投射同樣的畫面。

我們離開後，雪野家主與其他人在神鎮山遭到襲擊的混亂，大批形體扭曲的怪異東西不斷從裂開的山裡爬出來，猛烈撞擊著將神鎮山與正常世界切割開的守護大結界，道道裂痕在圖紋中綻裂，又被急速修補。

在那裡我們看見已經縮得很小的戰圈，流越堅守著結界不讓那些怪東西與邪神碎片衝出去，哈維恩等人把流越護在中央，雪野家死傷慘重，大部分人都被撕成碎片散落在周圍各處，包括那些式神、精怪也幾乎全滅，活著的只剩下很少數量，十根手指都能算出來。

其中可以看到雪野家主居然還沒死，正試圖召喚他的龍神，不過當然是什麼也召不出來。

「只要本座想，這些人立刻就能捏死，你們要在這裡和本座爭奪奉神者，還是要回去救你們所謂的朋友呢？」

夏碎學長凝視著有著自己母親外表的邪神，表情有些迷茫。

我著急地看著他們，又看著緊緊抓著夏碎學長的學長，正想要乾脆釋出妖師力量先把他們隔開時，夏碎學長慢慢地開口——

「謝謝你幫我找回記憶眞相，這還眞是意料外的禮物，不過我並不喜歡有東西在我身體裡，還是分開吧。」

女性發出野獸似的怒吼。

下一秒，他的吼聲被終止，一把發著淡光的刀刃從女性胸口穿出。原本躺在潭裡的另一個夏碎學長站在邪神碎片後，掛著平常的笑容，二次使力把刀刃插進剛才還和我們講話的「自己」胸口。

仔細一看，那把刀居然是我們帶回來的白玉匕首，不知道爲什麼變得比較大把，刀刃也變長很多，但樣式卻是相同的沒有錯。

學長鬆手，被貫穿的「夏碎學長」散化，瞬間成灰，接著他急速甩出大量靈符與輔助術法，固定空間和邪神碎片。

握著刀的夏碎學長露出澹然的笑意。「雖然你的提議令人很心動，不過認眞思考後，我想你可能忘卻一件事……如果我想血洗大地、得到力量，投靠妖師一族豈不更快。」

所以我說，這些神經病的邪惡東西招生盲點就在這裡，這裡活生生有個世界兵器和操控兵器的種族，他們到底是有什麼自信吸引人啊！

夏碎學長將一絲火苗按到刀刃上。

「紅龍王……嗎……」女性的頭直接往後扭了一百八十度，直視著夏碎學長。「那麼一點力量夠做到什麼……」

「燒灼我的魂靈，把你驅散燃盡吧。」夏碎學長微笑著鬆開手，火焰直接在他身上燒起，傳出濃濃的血腥氣息。「焚燒邪祟的火焰、燃盡所有的淨火，得感謝紅龍王與狼神兩位費心設下的魂靈術法，即使不慎失敗，至少死前還能看見你被燒得發出哀嚎，也是讓人爽快些。」

烈火瞬間燒到女性身上，披著女性外殼的邪神碎片發出吼叫。

「夏——」

學長直接抓住想要上前的我，把我往後拉。

火焰裡，我看見夏碎學長身上再次浮現那些黑色的邪惡圖騰，但一點一滴地碎裂開，刻印正慢慢地被烈火崩毀，可是夏碎學長的手指、皮膚也開始出現碎散的跡象，似乎會這樣與刻印一起被凶猛的火勢吞沒。

「撐下去！」學長看著夏碎學長，咬牙說道：「夏碎，給我好好地滾回來！」

夏碎學長看著我們，笑了笑。

學長罵了一句不知道什麼東西，接著往自己手腕劃了一道又深又長的傷口，大量血液湧出，他藉著血水畫出許多古老文字，形成複雜法陣，術法成形的同時翻手拍進火焰裡面。

可能是血咒有效，夏碎學長的分解變慢了，不過血印術法被火焰吞噬得很快，沒多久便缺了一大塊。

就在這時，黑暗的天空好像落了一滴雨，銀色水珠穿破兩層火焰，掉落在夏碎學長的額頭上，這瞬間我好像看見某個人影與夏碎學長重疊，眨眼便爆發出強烈的力量氣息。

那是什麼？

還來不及思考，我猛地看見水潭另一端黑暗扭曲，從那裡浮現了一幅畫面，是還在試煉幻境的千冬歲，他渾身是血，臉色白得像死人，半個身體都浸泡在黑色沸騰的血水當中，在他前方有個石台，盛放在上頭的竟然就是我們稍早帶回來的逆鱗與心臟，以及學長那個作用不明的長匣，恢復原本大小的心臟整顆被切開且變得乾枯，如同去水脫乾過，一滴血都不剩。

黑龍王的聲音從投映的景物裡傳來：「雪野一族盲目地追尋根本不可能完成的神祭，那群愚蠢的傢伙們連眞正的方式都不懂。今日看在九鴆目的份上，以禍印的血爲你血脈洗禮，取禍印的逆鱗讓你得到龍族力量，你既然活著走完紅龍王的考驗，就如九鴆目交託給我們的遺願，讓你擁有雪野始祖龍神眞正的餽贈賜予。」

長匣上的絹布緩緩滑至旁側，露出古老的木造盒子，上面一紙封印咒裂開，匣子被縫隙流出的力量崩碎，灰飛煙滅後僅存置放其中不知多久的黑色長弓。

同時間，那片逆鱗裂開，分散成十多片碎塊，接著那些碎塊化形轉變，拉長成爲一支支透著不祥氣息的黑色箭支，上面隱隱閃爍著血色流光，光是看著就可以感受到蘊含的可怕戰意與毀滅殺念。

「你許下的願望是你的兄長，而你的兄長最初請託我們的願望是你，既然你敢接受紅龍王的試煉，那麼就讓我們看看你是否能在最後接下禍印帶來的血咒衝擊吧。」

正在滾動的黑色血水隨著黑龍王的話語結束，整片逆流上沖，瞬間吞噬千冬歲的身影。

我還來不及大喊，驚悚的畫面瞬間消失。

這時，紅龍王的聲音突然在我們周圍響起：「奉神者們曾許下的願望是兄弟，禍印貪圖九鴆目的遺留而勾結幾名龍族聯手遮掩天命，龍族其餘孽障吾等會處理，爲了彌補這個過錯，黑龍剖開禍印的心，取血洗禮次子完善血脈，並將九鴆目遺留的法器交予次子。另從違背諾言的禍印身上取回當時九鴆目交付照護雪野後代的力量代價，現在這份代價歸於長子奉神者，你能決定如何使用這份力量，重塑原本該有的血脈抑或尋找九鴆目、蘇芳的眞骨遺骸，都隨你。」

夏碎學長抬起頭，原本紫色的眼睛裡隱約出現淡金色的流光。

「不用擔心，雖然我們能在此世界插手的事不多，但至少能替你們將龍神境的責難擋住，手足什麼的，如果撐過這劫順利活下來，在你有限的時間裡，好好珍惜吧。」紅龍王先前暴躁的語氣變得稍微柔軟，不知道是不是我的錯覺，甚至有點憐愛的意味：「即使命薄，你還是能夠過得很好，一如蘇芳的生命對於我們龍族而言過於短暫，但卻美得燦爛，九鴆目說過那是他漫長生命中最好的時光。替身術那種不必要的東西，本座就順便收拾掉了。」

「紅龍王……」夏碎學長有點猶豫。

「小神市已經承載不住我們的力量，朝向崩毀，本座與黑龍王依然會照看你們，如果想找本座，就像以前那樣。」

夏碎學長點點頭，「謝謝您。」

這次紅龍王沒有回應，已然離開了。

※

我猛地張眼，發現黑暗已全部不見。

出現在我面前的是毀掉了大半的神社，以及神社外崩潰瓦解的小神市殘骸。

宿雨抱著夏碎學長站在我們面前，朔日姬正在維護神社最後的方寸之地。

不知道什麼原因，夏碎學長的頭髮變得超長，黑色圖騰已經褪乾淨了，蒼白的額頭上有個拇指大的紅色印子，身上一點力量、生命氣息都沒有，還是剛剛死去時的樣子。

我直接愣住，不知道發生什麼事。

夏碎學長沒有熬過來嗎？

「小神市已經到極限了，剛剛又被那衝動的雪野孩子撞擊了下，無法再給予更多時間。」

宿雨淡淡地說：「雖然禍印的龍血可以作爲血脈洗禮，可是也蘊含了帶來災厄的殺戮力量，那孩子剛回到小神市誤以爲小夏碎已經沒了，憤怒得失去理智，轉回自由世界了，我們甚至來不及阻攔和解釋。」

「米可蕥和萊恩呢？」學長從我後面走出來，接過夏碎學長。

「去追那孩子，我會將你們傳至外圍，小夏碎的狀況需要等待，等他魂靈歸位，這段時間仍然必須小心邪祟再次回頭，他身體很虛弱，應付不了二度侵蝕。」宿雨摸摸夏碎學長的額頭，憐惜地收回手。「雪野的孩子現在很危險，如果無法恢復正常理智，即使得到了眞正的龍血，他也會成爲另外一種東西，將戰爭與災禍撒進大地，到時必然得將他抹除。」

「我們會幫千冬歲。」我咬咬下唇，盡量不去想狀況會多糟。

「還有，禍印失去心臟與逆鱗、墮神後實力大減，無法回到龍族，現在他滿心憤怒直衝雪野家，神界的我們大動作跨界恐怕會引起獄界、妖魔界出手夾殺自由世界，所以暫時無法追擊，我們會優先往六界外捕捉邪祟本體；但禍印既然去了自由世界，按照世界意識與六界法則，你們能夠在那裡處置禍印，希望來得及阻止他。」宿雨邊說著邊取出好幾朵花放到我手上。「快去吧。」

鳥居在我們面前打開通道。

「啊，對了，關於千冬歲和龍王們的試煉承諾……」我猛地想起來當時千冬歲要踏入鳥居之前，他們和千冬歲的約定。

夏碎學長之後真的會失去記憶，不再想起一切，然後與其他人再也無關嗎？

「不過就是屁話，你看到那幾位到來還不明白嗎，他們也想要奉神者們好好活著。」宿雨失笑，「世界法則並沒有規定神祇不能說謊，對吧。」

我連忙一點頭。

「快去吧，小孩們。」

學長抱著夏碎學長，我跟在後，通過重重鳥居之路，很快地眼前出現了光，盡頭連接的是雪野本家。

仔細一看，竟然是夏碎學長和他母親以前住過的地方……那些楓樹的位置和庭院與過去的畫面一模一樣。

無視旁邊幾名雪野家僕役發出的驚呼聲，學長一腳踹開看起來很貴的拉門，逕自把夏碎學長帶進去，讓他安穩地躺在榻榻米上。

差不多同一時間，幾道熟悉的氣息出現在我身後，一轉過頭看見是上班族大哥，帶著兩名妖師一族的西裝菁英，還有個鳳凰族的人。

「雪野家巨變，外面衝入許多黑術師和狂信徒四處濫殺。」上班族大哥立刻告知我外界現況。他身上雖然沒有傷勢，不過露出的白色袖口沾染不少血漬，看來也經歷了一波惡鬥。「我們與鳳凰族的人建立起保護陣地，優先搶救普通沒有力量的民眾，順便殺了一波敵人，部分雪野少主派的人與我們整合戰線，暫時屏棄種族成見，以救人為優先。」

我朝大哥比了記拇指。

「但雪野一族家主派與長老群詭異地拒絕外援，鳳凰族的同伴進不來。」那名鳳凰族青年憂心忡忡地說：「他們打開古老的大結界，把整座城池包裹起來，連同神鎮山在內，現在既無法進入，也無法出去，幸好我們的守護陣地暫時無虞。」

拒絕外援是什麼狀況？

我猛地想起來紅龍王有提過禍印勾結幾名龍族的事情……會有關嗎？他們拿雪野家整座城的人命開玩笑？

「米可蕥他們先返回了，你們有遇到她和萊恩嗎？千冬歲呢？」我看著鳳凰族，後者卻搖頭。

「可能在神鎮山裡。」大哥面無表情，很鎮定地說：「我們並沒有發現他們回到城內的跡象，第一時間發現你們的氣息突然出現，就先過來了，按照你們回來的方式，他們應該十之八九直接進入山內戰場。」

按千冬歲的個性，他要報復確實會直衝神鎮山找他老杯，喵喵與萊恩一定也是尾隨過去。

千冬歲平常就已經很可怕了，我不敢想像抓狂的千冬歲現在有多恐怖，而且還是得到力量後直接狂暴化的千冬歲。

……然後還有一條同樣大抓狂的墮龍神衝進去。

爲什麼我覺得神鎭山裡面的狀況有著世界末日的前兆。

「學長你相信我們不會滅團嗎？」突然很需要這種沒有理由的相信。

學長直接白了我一眼，安置好夏碎學長後他又用自己的血設了幾個術法，邊包紮傷口邊向上班族大哥和鳳凰族說道：「勞煩你們找位可以信賴的人保護好夏碎，他魂體受了重創，就算醒來也會過於衰弱暫時無法行動。我進神鎭山，公會的人應該在外圍，很快便會衝開雪野一族的外陣，只要再守一會兒就好。」

「介入沒問題嗎？」上班族大哥想了想，問道：「雪野一族拒絕……」

「不，雪野少主向我們求助。」學長冷笑了聲：「我是黑袍，黑袍即公會，這是正式請求外援。」

「我也一起進神鎭山，你們保護好夏碎學長，外圍結界打開之後快點向族長報告這裡的狀況。」上班族大哥在這裡我會比較放心，現在問題在裡面那些妖魔鬼怪，還有千冬歲……

正要把身上物品整頓一下之際，又來了幾道氣息，依舊是熟人。

幾名穿著同款黑色勁裝的人從上方跳下，爲首的居然還是熟面孔。

「呦，沒死啊。」

換下華服，穿著家族服飾的映河七葉站在庭院內，咧開嘲諷的笑，接著視線越過我們，看見了躺在裡頭的夏碎學長：「嘖，幸好不算晚。」

不知道是不是我的錯覺，我看她似乎鬆了口氣。

「嗯？這是眞正的傳承。」同行的染花七葉向前兩步，被西裝菁英妖師攔下來，她微笑了下，表示自己沒有惡意。「我們是針對墮神而來，雖然雪野家有許多該剷除的對象，不過當務之急是墮神。」

我瞇起眼睛盯著帶頭的兩人。染花學姊還好，沒什麼問題，但映河七葉卸妝之後看起來比較怪，英氣許多，而且胸部也平了，雖然還是有點漂亮的小裝飾掛在身上，卻與先前穿著蘿莉塔服飾和畫上精緻妝容時差了不少，連聲音都變得比較爽快俐落，不再是那種傲嬌蓮花指音。

這瞬間我突然被什麼開竅一樣，猛地想起千冬歲過去對對方不客氣的舉止和稱呼，接著又看向那飛機場一樣的胸部，因爲先前對方脖子上沒有很明顯的喉結，所以我一直沒往那邊想。

——原來你是男的啊靠夭！

「看屁看！」

映河七葉直接往我一吆。

我摀著剛剛被傷害的少年心靈，看著一樣是少年的傢伙。「你要嘛就別卸妝，把我心中美少女的形象還來。」

「干你屁事！我美我可愛我喜歡那樣穿不行嗎！」從美少女變成美少年的映河七葉大怒，一臉想撲上來咬我。

「……可以，但是你女裝比較漂亮，我說眞的。」突然恢復男裝讓我好衝擊啊，我身邊的美少女已經很少了，沒想到又減一。

「對吧，我也覺得我穿裙子超漂亮。」大概是聽見稱讚，映河七葉不生氣了，反而還有點洋洋得意。「我還有超級多的洋裝和配件呢！」

「別鬧了，我們有正事。」染花七葉拍拍映河的肩膀，有些歉意地看著我們：「就如剛剛所說，我們的目標是墮神，但無法與雪野家聯手，不過我能夠保證此趟只針對墮神，希望你們把這個訊息傳遞給雪野家外圍的人，暫時別互相爲難。」

「他們要爲難也沒差啦，反正就一起打。」映河對於同伴的條件有些不以爲然。

「我們盡量。」我看了看上班族大哥，後者點點頭，表示他會去執行，讓一般的雪野族人盡量不要攪和。

「我留兩個人幫忙守著夏碎哥，要是雪野家的人動他，就把他們的手砍下來。」映河吹了記口哨，兩名黑衣的七葉刺客走出來，靜靜地站到一邊。大概是怕我們不信任他，少年又補了句：「夏碎哥是第一個不用異樣眼光看我、說我打扮很漂亮的人，我不會害他。」

因為他講話總是直來直往，所以我也沒有太大的懷疑，只請上班族大哥幫忙安排看守人員。七葉家的人打過招呼後，又像來時那樣，很快便消失，他們有自己進入的辦法，所以沒打算與我們這些外人一道走。

「褚，準備好。」學長揮出幻武兵器，另外一手浮現了六羅的塗鴉文字。

我把幻武轉為二檔，填入滿滿的術法子彈，接著小飛碟在周圍轉出。

「嗨，弱雞！」

熟悉的聲音傳來，我笑了下。

總算是修好了。

楓樹眨眼消失不見，取而代之的是被黑火焚燒的大山與黑暗的天空，兩層樓起跳高度的墮神族腐屍像野獸一樣吼叫著、俯衝著，對著唯一的光明處不斷撞擊；黑術師和鬼族無處不在，人類的碎屍和式神、精怪殘骸鋪成了血肉模糊的地毯，把整座神鎮山徹底化爲地獄之山。

有那麼一瞬間，這裡與當時的孤島形象些許重合，都是會讓人感到絕望的那般深沉無光。

六羅的空間連繫直接把我們帶進最後的光明陣地裡，一踩到地面，先看見的就是大批雪野家傷患，趴在一邊的小白右後腿已經不見了，整隻大狗看上去異常衰弱，沒什麼精神地看了我和學長一眼，一句話也說不出來。

中心點的流越站在法杖邊，環繞在他周邊的氣息紊亂，可能傷得很嚴重，不過他還是堅持守住切割結界，沒讓裡面的東西衝撞出去。

也幸好流越在，所以外頭城市的死傷並沒有這麼慘烈，否則外面衝進了一波狂信徒與黑術士，裡面這堆東西再衝出去來個夾擊，都不敢想像會是怎樣的慘劇。

六羅與雪谷地的長老正在輔助流越支撐大結界，暫時無法動彈。

發現我們回來的哈維恩很快迎上來，經歷了惡戰，夜妖精顯然狼狽許多，手上、身上有大小不一的傷痕，臉上還有不少斑駁交錯的劃傷，尚未換下的一身衣服沾滿毒血、肉末，只做了簡單的淨化處理。

「萊恩他們呢？」我皺著眉打量哈維恩的情況，有點擔心。

「在這邊，雪野的少主剛剛陷入瘋狂，重傷白袍後隱藏了自己的行蹤，不知道去向。」

哈維恩注意到我的視線，眼神瞬間飄忽，大概偷偷開心了幾秒，隨即帶著我們走到另一處大樹下，這裡沒什麼雪野家的人，早一步離開的喵喵和萊恩正在這裡。

萊恩的情形更慘烈了，先前的傷勢還沒治好，現在又多了很多新傷，鮮血染紅他全身衣物，看起來怵目驚心。

但千冬歲顯然手下留情了，雖然傷勢很重，不過大多沒有傷在要害，全都巧妙地避開致死點，只擊傷了關節、筋骨，以此剝奪行動力，讓萊恩一時半刻沒辦法阻攔他。

喵喵大概是把眼淚哭乾了，一雙眼睛又紅又腫，往常打理得很可愛的髮型完全散開，沾了血的金髮顯得黯淡無光，她的身上甚至有戰鬥傷，幾處血痕深入皮膚，不斷滲血。

「千冬歲誰也不記得。」喵喵抹抹眼睛，帶著有點絕望的表情看我，聲音充滿顫抖：「他什麼也聽不下去，萊恩一直說話，他都沒聽進去，萊恩阻止他殺死雪野家主，他就把萊恩打成重傷……不是我們的千冬歲……漾漾你把他帶回來好不好……」

我抱住喵喵，輕輕拍著她的背安撫。「一定，我發誓千冬歲不會有事，他會回來的。」

「嗯……說好了……」

確認喵喵和萊恩沒有生命危險，我站起身，握了握拳頭。

「喂弱雞，戰爭那條龍本尊有聽過點，雖然是他的祖先輩，不過那玩意的力量本來就是爲了引動戰亂而生。龍族那些亂來的小東西用戰禍的血去完善人類後代的血脈，力量衝擊會讓接受的傢伙精神錯亂，弄不好就會是另個墮神。」魔龍看好戲般發出笑聲，不以爲然地說：「當然，要是熬過這關，就會是那些蠢人類死都想要的人類龍子……喔，當然比眞正的龍族幼子弱一點，而且還沒有龍形本體，也不再屬於人類，就是個人形樣子的醜陋小怪物。」

「找得到千冬歲在哪裡嗎？」我無視魔龍看好戲的口吻，並暗暗朝米納斯傳遞一下想法，希望她有空多多教訓這經常知情不報的東西，很快就獲得米納斯同意的反應。

完全沒察覺我們兩人另闢聊天室，魔龍自顧自開心地說：「當然可以找到，廢物龍的味道那麼重，放個本尊的幻武出去就可以了。」

我看著學長點頭，然後放出一架小飛碟。

周圍傳來一波吵鬧與咆哮聲，這時候我才正視那些墮神族，雖然身形巨大，力量感也很強，但大半部分好像都沒有自己的意識，只憑本能瘋狂破壞，不過也因爲光是肉體就很強大，而且貌似對某些術法免疫，才把這些雪野家的上位者打個措手不及。

眞不知道第一代混血龍子是怎麼把這些墮神族埋到山裡面的。

「這些東西不是問題，剛甦醒意識還沒完全恢復，只要砍成碎片就行了，麻煩在於黑術師和邪神碎片。」哈維恩抹掉臉上的血污，試圖在我面前把自己稍微整理乾淨，一邊很盡責地說：「我們已經將屍骸夷平三次了，但邪神碎片與黑術師不斷重組這些屍體，如果繼續拖下去，很可能會讓他們真正甦醒。」

「狼神去抓本體了，再撐一下。」學長看著黑色天空，從那裡傳來隱隱的龍嘯聲，以及開始一點一滴落下的黑色血雨。「我們的仇家來了，先移往別的地方，避免流越負擔過重。」

原本在山那頭噴火噴毒的三頭龍大概感應到我們這些剝鱗挖心的仇人到了，遠遠地怒吼，直接朝這邊衝過來。

「保護好其他人。」我拍了下哈維恩的手臂，追著學長的腳步快速衝出據點。

脫離中心結界的前一秒還瞄到千冬歲他那個黑心肝的老爸被幾名傷痕累累的雪野家術師保護著，那個照雪姬也還在裡頭，突然就有點想讓流越把他們踢出保護層。

不過也只是想想，這個人和他的家族如何，必須交給千冬歲和夏碎學長他們自己處理。

現在我們的敵人是墮龍神禍印。

※

「穢神者滾出來！」

三頭包含整個身軀都已變黑的墮龍神吼叫著，充滿毒素的黑色火焰焚燒他周圍所有物體，不管是已死亡的花草樹木、屍體，或是正在朝他進行攻擊的墮神族都一視同仁，各種惡臭被浸染成同樣味道，接著化爲灰燼。

炙燃的土地裡不斷爬出毒蛇猛獸往四面八方狂奔，所有衝擊都擊向外界的大結界。

話說回來，既然流越將這個地方做了時空切割，爲什麼這些東西包括喵喵等人都還可以進來啊？

「因爲我感受到強大的力量，放在外面不管，他會轉移去攻擊其他生靈，便在靠近時強制扣入結界內；己方人員自然是不會阻擋。」

流越的聲音突然傳來，把我嚇了一大跳，我看見前方有點遠的學長也僵了半秒，可能沒預料流越突然開公眾頻道。

「放心，我沒有倒下之前，誰也別想出去。」

羽族這句話大概把仇恨值都拉滿了，大批黑術師轉向據點攻擊，禍印這裡反而被淨空，只剩下一些墮神族在亂跑。

「你是法師不是坦啊。」我哀號著，眞想請流越不要在公眾頻道講這種瞬間吸滿怪的話。

「？」流越居然還有心情反問：「那是什麼？」

啊，說不定他這種防禦力也是個無敵坦職。

還沒回答流越的疑問，我看見禍印已衝到我們面前，大概是因爲力量衰敗，體型縮小很多，最開始看見是個高樓大廈的感覺，現在大概剩十一、二樓左右的高度，威脅性大大降低。

學長抬起手，冰霜凝結的巨大冰壁再次掃掉周圍襲來的毒蛇猛獸，一隻隻被凍結在裡面，彷彿排列展示的博物館標本。

這時我瞄到放出去的小飛碟用一種很不妙的速度往我們方向飛回，我不得不對專心應對墮龍神的人大喊：「學長！千冬歲來了！」

下秒，一支燃燒金色火焰的長箭從遠方飛來，帶著凌厲的殺氣瞬間貫入禍印左邊腦袋的太陽穴。

空中捲出金火的圓圈，我們正在找的千冬歲不知道什麼時候已站在火圈裡，居高臨下地俯看著禍印。

看見千冬歲現在的樣子，我整個生起「夭壽不妙」的感想。

千冬歲的血衣已經乾了，他不知道從哪裡得到一件外袍披在身上，沒有束起的白色寬大衣袍在黑夜裡飛舞，原先的短髮和夏碎學長一樣變得很長，額頭上多了枚黑色印記，金色的眼睛

裡有紫色的豎瞳，帶著強烈的戾氣，乍看下根本不是我們認識的那個朋友。

從千冬歲身上嗅到自己的血和力量，禍印怨恨地不斷詛咒著，各式各樣的毒獸加速滋生，瘋狂向外吞噬土地。

「神祭完成了嗎？」

我猛然一僵，不敢置信地回過頭，竟然真的看見雪野家主站在我們後面一點的地方，旁邊還有那幾個不知死活的雪野家術師。

他們看著高高在上的千冬歲，露出欣喜的恍惚表情，一臉集體嗑藥看見幻想成真的痴呆反應。

「神祭成功了……果然如同龍神所言，神祭是會成功的。」雪野家主喃喃自語，有點失神地盯著自己的兒子，完全忽略他的龍神主在旁邊嚎叫，並且發黑墮神。「從今日起，雪野一族將能更上一步……」

原本用陌生眼神盯著我們的千冬歲突然爆出極強殺意，龍族氣壓像隻巨手朝雪野家主拍下去，後方的照雪姬看狀況不對立刻衝上前撐起守護，沒想到她的結界直接被擠壓裂開，首當其衝地發出尖叫聲，直接被打回一灘雪花，修練多年的力量散成冰雪結晶，融化在空氣當中。

「弱雞，你這朋友濫用力量不行，他剛得到，還沒完全吸收適應就瘋掉了，繼續下去不是會過度耗用衰弱而死，就是會被自己爆發的力量撐死。」魔龍嚴肅的聲音傳來：「本尊這次沒和你開玩笑，畢竟也算個半血龍族，你看著辦吧。」

說話間，千冬歲已站在他父親面前，速度快到我們來不及邁出腳步。

抬起手讓術師們不要上前，雪野家主近距離與兒子對望，眼裡慢慢浮現某種羨妒的神色。

他求之不得、甚至得施用心計毒害親子才可能擁有的力量就在面前，卻不是他的。「你看，你乖乖進行，獲得的比你失去的更多，現在的你擁有過去所有雪野族人遠遠比不上的千古成就，一個夏碎算什麼，他只是你的基石，你的……」

「……夏碎？」千冬歲微微瞇起紫金色的眼睛，似乎有點迷惑地輕聲開口：「夏碎……是冰冷的……他沒有醒……爲什麼……不醒……」

原本要攻擊的禍印看清楚千冬歲茫然的樣子，突然停下襲擊，發出了笑聲：「不會醒了，永遠不會！你忘記了嗎，你拿他作爲替身神祭，你完成你的使命，他交出生命，你忘記了嗎！你弄死了那沒用的人類，踩著他的屍體血洗神祭！他死了！死透了！是因爲你而死！」

「你不要在這裡扭曲事實！」我靠！這隻三頭垃圾竟然造謠！

「替身……」千冬歲反覆唸著這兩個字：「替身……替身……替身……」

「千冬歲你不要聽他亂講！夏碎學長沒有成爲替身！你從頭到尾都沒有去做那個騙人的神

祭，神祭根本不可能成功！」我連忙衝過去大喊：「你看看我是誰！我不會騙你！夏碎學長還活著啊！」

千冬歲根本沒有看我，他的豎瞳逐漸抹上血光，握著黑弓的手指慢慢收緊。「夏碎……沒了……」

「對，就是這樣，浸染本座的血，你就會成爲帶來戰禍的使者，讓這片大地鋪滿屍體，讓土地吸飽血液，讓所有的生靈都發出哀嚎，把災厄降臨到這世界上，你眼前的仇人就是你的祭品，摘下他的頭顱，就是你君臨大地的第一步。」禍印哈哈大笑著，對著天空噴灑黑血，「詛咒這片土地！詛咒風，詛咒每一條河流，讓死者無法安息，讓生者悲慘死去！詛咒萬物一切！讓黑暗降臨再也沒有光明！」

雪野家主好像現在才赫然發現這是他的龍神主，有點錯愕地看著正在瘋狂咒罵的三頭龍。

「龍、龍神大人……」

「還不給本座出力制伏你兒子！」禍印倏地轉頭，大量眼睛全都聚焦到雪野家主身上，散發毫不遮掩的惡意：「現在擁有力量的是你兒子，他將成爲本座最忠心的僕人！把他拿下！」

「您……墮神……？」雪野家主呆愣地看著禍印，可能一時之間沒辦法理解他的龍神主爲什麼會變成這副模樣。

說眞的，如果他知道元凶是我們，可能會把我們當成一輩子的仇敵。

「啊，是你殺了夏碎。」

千冬歲突然開口傳來話語，我整個人瞬間覺得墜到冰庫。

我們還來不及阻止，千冬歲已急速出手，五指成爪直接往雪野家主胸口抓去。只是被襲擊的並不是我們以爲的雪野家主，千鈞一髮之際，橫擋他們之間的血色身影接住了千冬歲的攻勢。

「歲！」萊恩抓住友人的手，一口血沒忍住吐了出來，接著咬牙瞪視對方：「你想動手可以，不過必須是你神智清醒時才行！」

「滾。」千冬歲冷冷地看著眼前的阻礙者，沒有情感地吐出單字。

雪野家的術師們見苗頭不對，趕緊把家主拉開，戒備地看著他們充滿殺意的少主。

「沒用的，用了本座的血，就無法抗拒戰意，更何況死了一個他珍惜的東西。」禍印嘿嘿地語帶諷刺，滿心想把千冬歲逼得更瘋般落井下石：「紅龍黑龍那兩個卑鄙的東西，沒想到她們的奉神者墜進的魔障這麼深吧，待他氣力用盡，正好可以連同九鴆目的傳承一併吞噬。」

「你倒是可以試試。」我站到千冬歲和萊恩僵持不下的身前，直接把狙擊槍上好膛，小飛碟飛散在四周，連動黑暗力量。

學長的長槍橫在我們前方，冰霜與火焰左右拉出高牆。

「你們說這些是什麼意思。」經歷了兒子下殺手、龍神主墮神化後，雪野家主終於把理智撿回來，語氣僵硬地問：「爲什麼提到九鳩目先祖？」

我回過頭，冷哼地回答：「根本沒有什麼神祭，你們先祖早死了，當時就和巫女蘇芳一起殉情，我是不知道爲什麼你們會認爲龍神還在，總之禍印說的都是假的，他想要你們的傳承血脈找到九鳩目遺骨，當年什麼神祭的，力量全被他吃走了，還想成功個屁……白痴嗎你們。」

雪野家主踉蹌了步，雖然看上去仍很鎮定，不過刷白的臉色出賣了他的震驚：「不可能，千冬歲的樣子明明就是神祭成功……」

「那是黑龍王和紅龍王血祭禍印成功，拿了元凶的血洗刷千冬歲的血脈，想求證的話自己去找龍王們詢問吧。」懶得再和他嘰嘰歪歪，我把注意力放到了不懷好意的禍印身上，還有千冬歲和萊恩那邊。

千冬歲面對萊恩並沒有剛才那種殺氣迸發的感覺，反而對於這個一直攔阻他的人露出些許疑惑的表情。

「歲，收起你的力量，相信我，夏碎學長眞的沒有事。」萊恩慢慢放開手，不顧自己身上還在嚴重出血的傷勢，放緩了語氣。「你記得你的祈願嗎？」

「祈願……？」

「嗯，你希望夏碎學長平安，我帶你去見他。」萊恩盯著對方的豎瞳，從懷裡取出一團黑色的東西，仔細一看，居然是蜷在一起、好像進入冬眠的小亭。黑蛇變得很小，且力量衰弱，不過生命還維持著，只是陷入沉睡。「詛咒體與夏碎學長相連，如果夏碎學長徹底死去，詛咒體的擁有者標誌會隨之瓦解……你摸看看標誌還在嗎？」

千冬歲看了看萊恩，又看了看蜷成一團的小亭，有點遲疑地伸出手，兩指貼到黯淡的黑蛇身上。

「擁有者……？」

「擁有者還在，對吧。」萊恩稍微鬆了口氣。

雖然還是一臉不解，不過千冬歲慢慢地點了頭，然後又多看了小亭兩眼。「……杯子不消毒……」

「對，你先前常常罵她器具不消毒，所以……唔！」

「萊恩！」

我看著萊恩摀住腹部，緩緩跪下，從後而來的冷刀捅穿他的下腹，站在那邊的是一臉冰冷怒意的雪野家主。

「原來是你們害禍印大人墮神，編造了那麼多的謊言……看見千冬歲成爲龍子，就想把他從我們雪野一族手上奪走嗎？」雪野家主抽出了染血的長刀，帶著憎恨的目光一一看著我們：「妖師一族果然不是什麼好東西。」

猛然轉看瘋狂大笑的三頭龍，我這才驚覺爲什麼他沒有主動襲擊我們，他竟然在和雪野家主傳話溝通嗎！

這些智障雪野家的人，要被騙幾次才夠！

第六話　太多要排隊

「小心！」

哈維恩從黑暗中跳出來，揮出彎刀擋住雪野家主的第二次攻擊，險險擋下差點刺入萊恩要害的致命一擊，另邊竄出的喵喵連忙把萊恩往後拖開。夜妖精急速甩開憤怒的家主，正好避開後頭千冬歲甩出來的凶猛烈焰。

萊恩受創同時，原本稍微被撫平情緒的千冬歲再次爆發，不過他的重點目標不是被層層保護的雪野家主，而是轉向同樣暴起的墮龍神禍印，黑弓直接拉開到極致，架在上面的箭矢閃爍著血色流光。

「來啊！」禍印衝著千冬歲咆哮：「不過是個擁有點龍血的小小雜碎，拿著本座的東西對向本座，以爲能夠傷到本座嗎！」

似乎沒有把過大的吼叫聲聽在耳裡，千冬歲只是緊盯著目標，夾著箭尾的兩根手指輕輕放開，黑箭劃破空氣，發出撕裂空氣的箭鳴，眨眼出現在三頭龍中央腦袋的眉心前，然而並沒有順利沒入腦袋裡，銳箭發出遺憾的聲響，被看不見的防壁彈開，眨眼回到千冬歲手上。

千冬歲露出不滿的神色，瞬間失去身影。

「哈維恩，雪野家主交給你。」我看學長還擋得住墮龍神，回頭直接把周邊的小飛碟全都抽出部分力量，通過老頭公快速交織成純粹黑暗的結界，把逼近我們的黑術師與扁平小灰影撞開一段距離。

如果沒有魔龍的提醒，我還眞不知道這些混蛋東西已摸到附近。

黑術師看著我們，露出詭異的笑。「這裡全都是我們的美味獵物，你幫得了誰？」說完，他和小灰影立刻消失，同在這個時間點，三頭龍附近也出現三、四名黑術師，雪野家主等人的結界外圍同樣也有，更別提還有幾個疑似追上千冬歲的行進位置。

「弱雞，不要亂。」魔龍的聲音輕飄飄地浮上來，「你又不是一個人。」

我略微定心，立刻發現有數道氣息衝著禍印而去，力量感相當強，還沒到定位就先彈射出幾條金色的光，看來是事前先在周邊花了些時間準備，這時預設的術法齊齊發動，急速地在三頭龍周圍畫出弧度並交互連接，很快形成了蛋殼般的網狀囚籠，把正在看好戲的墮龍神包裹在裡面。

片刻，出現在高空處的是早先一步打過招呼的七葉家、包含映河在內的數人，他們沒有給雪野家隻字片語，直接對上三頭龍，毫不畏懼地槓上去。

比起來，雪野家的那幾個術士在家主的指揮下，還有時間和哈維恩對峙……明明先前夜妖精還在幫忙他們抵禦神鎮山的問題，結果現在過河拆橋，急著撕破臉。

「褚，你專心千冬歲。」學長看了我一眼，說道：「邪神碎片的目標是他，在狼神追擊本體的這段時間，別讓千冬歲產生黑暗裂縫。」

我大概可以理解學長的意思，三頭龍墮神，但龍神的基本力量還在，邪神碎片要搞他可能得花點時間；雪野家主沒了龍神，外加已經消耗過一輪，差不多被廢了；周邊的墮神族雖然被復活了肉體且意識還沒甦醒，但屍體貌似裹著一種免疫部分術法和侵蝕的東西，所以目前被黑術師盯上的只剩下還在暴走並具強大力量的千冬歲。

千冬歲因爲夏碎學長的關係精神整個混亂，內心明顯有巨大的愧疚和空洞，如果被邪神碎片鑽進去，可能就不像當時的夏碎學長那般可順利抵禦了。

其實學長上一波應對三頭龍時受的傷也不輕，很可能撐不了太久。

我看了眼不知道偷偷濫用藥物幾次的學長，他還眞以爲我完全沒注意到嗎？

笨蛋！

使用米納斯開了一槍，水花眨眼在周圍蒸發消散，我閉上眼睛，將儲存在小飛碟裡的力量反輸送到肉眼看不見的水霧裡，以我爲中心擴展出去，接著再把黑暗力量埋入地上所有影子，讓感知隨著水霧、黑暗延伸到極遠的距離。

這招也是黑王教的，搭配精神擴散，可以侵入某些心中帶有邪惡的人深處，聽見他們召喚黑暗的聲響。

當然，太強的便沒辦法入侵，如三頭龍那種就算墮神仍有基本實力的存在，但力量衰退到最低的雪野家主就會像現在這樣，對我們這些黑色種族敞開連他自己都沒有發現的內心門戶。

聚精會神尋找千冬歲藏匿於空間裡的行蹤時，我也慢慢腐蝕了雪野家主那道防護裂縫，窺見他深埋於心的記憶和語言。

「爲什麼龍血傳承會不足？」

「難道雪野家眞的無法完成神祭嗎？」

「我們將要這樣繼續衰敗下去、無法再造先祖們的威勢嗎？」

「在我這代無法完成嗎？」

「命運選擇的並不是我嗎？」

「啊啊，這孩子無法享有綿長的壽命，卻有著傳承，是否該按照龍神大人的指示，將傳承轉移到更能發揮的人身上？」

「雪谷地已經自願放棄光輝時代，那麼損失一名繼承人對他們而言，也不算什麼吧。」

「一切都是爲了成就雪野一族的榮耀。」

「身爲一族的孩子，爲了家族貢獻所有也是理所當然的事。」

「身爲家主的正妻，應該也能夠理解並支持這些。」

「誕生在此處，就是天命如此，即使今日不取走這些，未來他也毫無用處。」

「他應該爲了成就一族的榮盛而驕傲。」

我睜開眼睛，進入視線的是偌大的和室，裡頭面帶嚴肅的男人一筆一筆地在卷軸上詳細地描繪古老符文，上頭的文字我看不懂，卻可以從裡面隱隱感受到某種令人不快的寒意，可見不是在寫什麼好東西。

在他身邊有盞龍形的燈，是龍神禍印的樣子，中央跳動著幽綠色的光芒，從那裡傳來竊竊私語。

「新的繼承人將取代你，黑龍王已經確認要和繼承人締結神諭契約，你應該感到了力量的衰退，再過不久，繼承人將會蓋過你的鋒芒，剝奪雪野一族完成神祭的可能性……對，只要他不想神祭，你這些年的心血就會白費，雪野一族繼續過著這種可笑的生活，爲人神諭、如同小丑……」

男人停下手，凝視著上面墨跡未乾的文字。

「你已經失敗一次了，要眼睜睜看著第二次機會丟失嗎？你那次子，有著長兄的庇護……就像當年藥師寺家的人庇護你一樣，讓你擁有另一條生命……而你取得了神祭的經驗，知道該如何完成儀式，你要讓雪野再等多少年呢？」

「你這輩子戰戰兢兢地維護著雪野一族，希望將整個家族推上高峰，你的苦心本座看在眼裡，就只欠缺臨門一腳，雖然不是你很可惜……不過你還有機會成就整個雪野……在神諭觀禮之前……抓住最後一個機會吧……你會成爲雪野一族的救世主……」

看著男人若有所思的臉，我知道從那刻開始他已經同意了那些煽動的話語。

他有沒有在乎過夏碎學長和千冬歲？

我相信是有的，也必定對某些事物感到愧疚，然而比起親情，擺放在他面前更重要的是整個家族的發展與未來，這件事大於所有情感，使他對龍神的話語深信不疑，不計代價犧牲自己的骨肉與妻子……很可能必要時候他連自己都可以犧牲。

所謂大義。

站在他們家族的立場，以不知道背後算計爲前提，眞的不能說想要爲家族奉獻的人是大錯，但站在丈夫和父親的位子上，他對不起他們。

捕捉到千冬歲思緒的同時，我直接退出雪野家主的意識縫隙，全心全意連接千冬歲目前極度混亂的精神。

接著發現更恐怖的狀況，除了我之外，我感受到黑術師和邪神碎片的氣息也已經往他身上纏繞，他本人並沒有對此做出反應，一身賁漲的力量下意識擋開邪惡的語言，獨獨把我放進隙縫裡，接觸了他痛苦的聲音。

那是滿滿的痛號、不知所措，以及後悔，悲憤到無法控制的情緒撕裂他的意識，只想要找地方把這些苦痛徹底發洩，即使會夷平大地他也不在乎。

他想把戰火覆蓋能見之處，讓生命和他一樣懷滿悲痛而難以治癒，讓血與骸骨在火焰裡燃燒，最後成為無言的廢土灰燼。

除此之外，什麼也沒有，沒有我最熟悉的友人與他該有的冷靜意識。

「可是這不是你，千冬歲。」我點出黑色的符咒，在身邊張開幾道陣法，震動空氣，擋住千冬歲的路，把黑暗的心語傳遞到他的心中。「你是最討厭被影響的人，即使與黑暗種族交朋友會害你被講難聽話，你也堅定地把請帖發到我的手上。無論你想做什麼，我們都會站在你這邊，但是一定得是『你』自己的意願，你要讓你自己從最後試煉中回來，除了夏碎學長，我們這些朋友你也不能辜負。」

萊恩抓著喵喵的手，從我們身邊站起來，銀白色的刀落入地面，化爲細霧捲入空中。

我和萊恩交換了一眼，後者瞬間衝出，在細霧的指引下準確無誤地揮刀破開空間，一把抓住隱藏其中的人。同時，我把黑王給我的靈符甩出去，大張的咒陣撞開後頭的黑術師，立刻切割出獨立空間。

千冬歲發出吼叫，發紅的眼睛看著我們，不斷掙扎。

「我們都在啊！看看我們！」喵喵直接撲上去，用力抱住千冬歲，眼淚大顆大顆地掉下來，纖細的身體劇烈顫抖。「喵喵可以陪你，千冬歲要教訓誰，喵喵就幫你打誰，可是一定要千冬歲才可以！」

我走上前，張開手抱住千冬歲的肩膀：「不是你的錯啊，好好聽見我們的聲音，什麼龍神、混帳老爸的，想殺誰就陪你殺誰，脫離家族也有我們在，該被懲罰的不是你，是那些人和神。」

千冬歲的掙扎慢慢減緩，不再那麼激烈抵抗。

制住他的萊恩嘆了口氣，語氣相當虛弱，仍不斷冒出的鮮血甚至在白色外袍上留下斑斑血印。「歲，我擋不了第四次了，回來吧。」

千冬歲慢慢低下頭，血色的眼淚劃過他的面頰，不再傷害身邊的人。

「殺了……」

千冬歲不再掙扎後，發出了小小的聲音：「墮神……會引發戰火……」

雖然看上去好像還是意識不清，不過千冬歲倒沒有先前那樣完全瘋狂，斷斷續續地開始說話：「他被黑暗侵蝕……墮神太危險……在龍神境判決下來之前，殺了……」

「殺了禍印？」我皺起眉，按照黑龍王的處置，應該是想留三頭龍一條命，而且雪野家侍奉龍神，禍印又是他老杯的龍神主，這麼爽快直接剁掉沒有關係嗎？

「這小子用了龍血完善血脈，會有消滅起源並取代的本能戰意，他不殺原始龍，對方也會殺他奪回心臟和逆鱗。」魔龍的聲音傳來：「趁現在你們還握有受害者立場，能宰快宰掉，要是讓那傢伙逃掉休養生息，想要弄死就不容易了。」

說得好像不是你們龍族的一員一樣。

「呸，本尊最看不起這種玩手段還被反殺的傢伙，鱗和心都被刨了，還有什麼資格自稱神。」不以為然地嗤笑幾聲，魔龍嘲諷地說道：「丟臉的東西，不好好縮去當墮神修復身體和力量，反而在力量最低的這個時刻自尋死路，浪費他那些同族給他留的退路，這種東西死了也無所謂。」

「怎能說無所謂呢，再如何也曾是高位等的龍神，弒神依然會承受相應的詛咒，必須相當小心。」米納斯罕見地出聲對槓魔龍，後者嘖了聲就不敢繼續亂講話。「尤其是那位雪野家的孩子，他奪取了墮神的心臟與血，可能會是首當其衝受到詛咒者……通常都會以珍視之物作為代價。」

靠夭啊！又是珍視之物。

我驚恐地看著要去屠龍的千冬歲，很難想像他還有啥珍視之物，他目前最珍視的那個好不容易才有點解套的方式，現在又要因為屠龍有新一波的威脅？

劇本可以不要這樣寫嗎？

逼人跳海啊！

編劇出來！保證不打死你！

「不過確實應該要把墮龍神除去，他怨念太深重，可能將更進一步扭曲。」米納斯輕輕地說，有些可惜地嘆口氣：「原為神界者，依然看不開……」

萊恩和喵喵鬆開手，看著比較能夠溝通的千冬歲。

千冬歲慢慢地抬起手，按著自己的額側，似乎想讓思緒更加清晰。「弒神者……會遭詛咒……你們不要動手……讓我來……」

我和萊恩對看了眼，彼此眼神裡毫不遮掩地表現出「鬼才會讓他來」的默契想法。

話說回來，也不能讓萊恩上啊，先不說他傷勢重，他重視的東西應該也不少吧，有弟弟還有莉莉亞，之前腦衝沒有想太多，現在冷靜下來突然覺得不能推他去死，看來看去應該是要由我這個對大部分黑暗免疫的人動手比較好。

還沒找萊恩私下串通，我們周邊的結界陣已開始劇烈震動，有幾個位置已經被黑術師和衝過來的墮神族砸爆，還沒收回來的黑色力量很快傳遞給我新的消息——部分墮神族正在恢復原本該有的意識，黑術師可能爲了更方便擾亂這個地方，正在用某種方式加速甦醒墮神族的黑暗魂靈。

這倒是給我一個很大的方便，和黑術師搶傀儡這種事不是第一天幹了，完全不加思索直接抓住幾個往我們跑過來、腦袋還很渾噩的墮神族，讓他們認定黑術師是敵人，轉頭就朝那些傢伙們開打。

同時間，七葉家的幾名使者和三頭龍第一波正面交鋒正好告一段落，禍印的三首與龍身上有不少大小不一的傷口，七葉家則被擊傷了幾人。他們來的人數本就不多，所以幾乎等於有一半的人因傷行動不便，染花學姊和映河兩人實力看起來算夠硬，各自用一條不知道什麼成分的紅鏈分別箝制住左右腦袋，而學長正好用冰霜捕捉住中央那顆龍頭。

三頭龍底下的樹與土地早就全都腐蝕成毒泥沼，混著血腥與腐朽氣味的泥濘不斷吐著泡泡，噴發出毒氣，而周邊的空氣更抹上一層血色，凡是靠近的墮神族、黑術師都受到影響，散發出更強烈的戾氣與殺意，屠戮生命的意念源源不絕地爆發，就連正在趁機剝取墮神族意識的我都有點受到影響。

「歲！」

萊恩猛地喊聲，千冬歲沒打招呼，眨眼就消失在我們身邊，再出現時已是在附近一個高大的墮神族頭頂，黑紅色箭影一閃，瞬間從墮神族的腦頂貫穿下巴，剛生成的意識馬上潰散，怨靈發出不甘的嚎叫，嗖地下竄回土地裡，只剩龐大的軀體往旁一倒，摔入沼澤，正好讓千冬歲作爲踏腳物。

學長看了千冬歲一眼，手一揮，掛掉的墮神族連同周遭一小塊沼澤瞬間成冰，提供了更友善的踏腳墊。

「你們想幹什麼。」被哈維恩擋住的雪野家主戰戰兢兢地看著包圍三頭龍的陣勢，用不可思議的神情看著眼前的畫面。「違逆龍神？不……你們竟然想弒神？」

「瞎了看不出來那是墮神嗎。」哈維恩一點也不友善地嗆過去：「心術不正的東西不配稱神，只是龍族的其中之一，不過就是個種族，有什麼好不能殺的，我們黑色種族的『神』不也被白色種族殺著玩嗎！」

說起來黑色種族的神到底是哪些啊？

我看惡魔和魔王好像也是被歸為種族，所以正統的「黑暗神」說不定不是傳統認知的什麼撒旦之類的，下次有機會應該要問問其他人。

不過認眞地說，按照破壞程度，陰影搞不好就能算是某種神。

「不能讓他們對禍印大人動手！」雪野家的術士們紛紛驅使殘存的小神靈。

我正要想辦法把這些玩意擋住時，突然發現小神靈們臉上出現茫然的神色，似乎對於術士們下的指令有點猶豫。

「那是墮神。」一隻白貓樣子的半透明虛影走出來，對著術士們和雪野家主開口：「生命爭鬥為歷史必然，但墮神非我族類，生成的死亡之心由怨恨組成，並非自然生命，協助墮落之物使其殘殺生靈等同違逆白色法則，對我等修行有傷。」

術士們遲疑地轉向雪野家主。

「我也是勸你們最好不要，墮龍神很快就要變成鬼族。」我忍著腦袋痛，努力操控無形的力量動搖這些混蛋東西。「我們妖師再怎麼說也是世界大族，雪野少主與我們相交還是利大於弊……不過雪野家主如果支持墮神和鬼族毀壞自由淨土，我覺得傳出去，恐怕不是聽完當成笑話這麼簡單喔，至少某些白色種族肯定會來圍剿你們。」

「你！」雪野家主怒得好像隨時都會撲上來把我的臉皮撕開一樣，幸好他也受傷了，還有個哈維恩擋在前面讓他沒辦法真的衝過來，只能繼續放狠話：「妖師一族污穢龍神，使之墮神，就不怕被白色種族圍殺嗎！」

「一，還真不怕，圍殺的太多了要排隊。」我好整以暇地冷笑，揣摩了下夜妖精平常在靠夭別人的高冷姿態。「二，妖師搞看不順眼的白色種族不是天經地義嗎，不然這幾年被追殺的口號是你們這些白色種族喊假的？三，你有證據是我幹的嗎？放眼望去，這裡最弱的可能是我齁，堂堂一個家主找不到合格替死鬼的話，勸你就別亂栽贓了。」

雪野家主現在的反應大概是介於想把我碎屍萬段和剝皮去骨之間，但是他也反駁不了我的話，別說證據了，黑龍王讓我們去拿的那個黑黑的髒東西丟到三頭龍身上之後就完全消失，根本沒有留下任何蹤跡或殘存氣息，三頭龍在那邊隨便喊兩句當然不成證據，況且他已經墮神又即將扭曲，講的話十之八九都可能會被當成神智不清的幹話。

某方面來說，紅龍王和黑龍王也是夠凶殘了，我猜祂們都預料到可能的狀況，才會弄個殺人無形的東西來，讓三頭龍先墮神，被世人見證他力量髒污墮落，配合他氣瘋的樣子，人家只會覺得是過於貪婪墮神，而不是被妖師扭曲成鬼族。

三頭龍自己要是不收手執意報復，在眾目睽睽下進一步扭曲成鬼族也不會算到我的頭上。

接著墮神帶來災禍又即將扭曲成鬼族，大家合力誅殺反而變成天經地義為民除害，從頭到尾損失最大的基本上就只有必須親眼看著信奉的龍神主原地自爆的雪野家主，以及那些因為他而來的高層長老們。

現在我突然不再質疑龍王們的考量，雖然祂們確實想放同族一馬，但也預想到同族繼續作惡的下一步路。

有光明正大的理由可以出手，墮龍神，不殺一條嗎？

「喂！臭傢伙！」

就在我準備重新布置黑暗力量時，突然有隻小蜻蜓飛到我旁邊，接著傳出映河的聲音：「你不要闖進來，我們要打開七葉家的戮神殺陣，黑的東西會誤傷。」

「呃、好。」真難為他在這種時候居然還想到我啊，揪甘心，雖然我有自己的打算，不方便告訴他，不過我也不會找死闖陣就是。

小蜻蜓轉了一圈，逕自往安全的地方飛走。

警告才剛結束，三頭龍周圍地面便射出數道柱形金光，每道金光都纏繞一組咒文，字形皆不太一樣，交互組成巨大的牢籠。

千冬歲再次架箭彎弓，繃至最緊的弦上，箭矢瞄準著三頭龍中央的腦袋，準備在最佳時機點射出。

還不夠。

我閉上眼睛，讓可操控的黑暗力量擴散至極，從遠方往回開始一點一滴地與我連繫，成為我對外的感知，接著朝三頭龍包圍、擠壓，侵蝕他所剩不多的理智。

暖熱的液體從我的鼻子、耳朵緩緩淌出，劇烈的頭痛從頭部各個點擴散開，緊緊絞住每一寸皮膚，然後拚命往頭骨裡鑽孔。

還不夠。

小飛碟全回到我身邊，回灌黑色力量。

「弱雞，夠了。」魔龍的聲音浮現。

還不夠。

感受到殺陣的威脅，三頭龍這次眞的發現自己在力量最低時衝進這裡可能是個錯誤，三顆腦袋爆出吼叫，狠狠地震斷左右箝制的紅鏈，接著粉碎中間的冰霜，以身體為中心，強悍的猛力朝四面八方炸出去，將那些金柱撞散好幾根，原本在維持金柱的七葉家使者有幾名噴出血，往後退開了一段距離。

同樣退開兩步的學長擦去嘴邊血液，沾著血在空氣畫出咒陣，空氣的溫度極速劇降，洶湧噴出的冰柱插住想要向上遁逃的三頭龍，眨眼瞬間，七葉家再次重鑄柱牢，每個人身上都掛著一層冰霜，連呼出的氣都是白色的。

但是他們也沒有時間抗議學長幾乎無差別的低溫攻擊，所有人只專注抓住墮龍神，沒人注意到自己連血液都快結冰了。

抓住了！

我猛地睁開眼睛，露出笑。

禍印在被學長困住的瞬間，確實出現恐懼，那秒的恐懼成爲破口，足夠讓我的恐怖力量鑽進去他的精神裡，更別說這次我是卯足勁抽乾小飛碟裡所有庫存，把病毒般的侵蝕磨到最爲尖銳的程度，回去可能要躺好幾天了。

「聽我的聲音。」張開嘴時，有血沫從嘴角流出，不過我也不怎麼在意，緊緊扯住墮龍神被捕捉的破口連結，說出動搖蠱惑的話語：「你怎麼會認爲你是最強的？妄想拿取眞骨遺骸？擁有力量的強者不屑這種事情……可悲又可笑的龍神禍印，嫉妒九鴆目的強大，光是那一份代價就讓你受用不盡?鴻溝一樣的距離，讓你眼紅嗎?」

「本座沒有!」三頭龍對著黑暗的天空咆哮，龍首伸得筆直，像要對天怒吼不甘：「九鴆目憑什麼!不過就是仗著龍王血脈出身!那根本不屬於他!」

「爲了這些，你潛伏在雪野家多久?小丑一樣扮作守護神，就算心有不甘，還是要和藹可親地對人類奉承，那些你瞧不起的小小人類只要召喚你就得前來，你身爲龍族的驕傲如此可笑。」我咳了聲，感覺更多血從身體裡面湧出來。「你怎麼不乾脆臣服於九鴆目的後人之下呢?說不定哪天他們心情好，要去尋找眞骨遺骸時，還能分你一點骨屑。」

「該死的妖師!」墮龍神三顆腦袋倏地轉向我，所有眼睛全朝我看來，惡狠狠地發出怨毒詛咒：「想要本座心神大亂嗎!本座今天就算要死，也要把你拖下地獄!」

「你試試看能不能辦到啊!不過就是一條失去力量又被污穢的墮龍神!」我衝著墮龍神吼回去：「你想詛咒我嗎!即將扭曲的廢物東西!既然已經臣服黑暗，我身爲黑暗種族之首，你怎麼會覺得我怕你!墮龍神禍印，無能維持自己力量又被剝奪神性的廢物，你就應該在泥地裡面打滾，我詛咒你無法重回龍神境，只要看到一點光明就會被燒瞎眼睛，像你這樣的東西就只能永世都在最毒的沼澤裡面翻動，被腐蝕的鱗片和皮膚永遠都來不及長好，帶著毒素與潰爛的身軀直到你的壽命結束爲止!」

話語停下同時，我整個人脫力往後摔，還沒撞地就被人扶住，勉強抬眼一看，是滿臉焦慮的哈維恩。

另邊接受我全盤詛咒的墮龍神像是被潑了王水一樣瘋狂在他的毒物泥沼裡面打滾，不斷慘叫哀嚎著，整個身體眞的像被融化般開始腐爛，恐怖的惡臭化爲毒素蔓延到空氣裡。

見狀，七葉家更是全力維持金柱牢籠，讓毒素不至於擴散出去。

所以說，詛咒這種東西，先講先贏，誰跟你在那邊廢話嗆聲。

墮龍神痛到仰起頭時，一直站在原處緊繃得像雕像的千冬歲終於鬆開手指，捲繞一圈金色火焰的黑箭衝破冰霜與金柱結界，挾帶著龍吟聲猛烈貫穿禍印中間腦袋的額心，箭矢插進額心中央的豎眼，強悍地穿進腦部，連箭尾都深深埋入骨頭裡。

墮龍神還來不及反應，另外兩顆腦袋也瞬間被插入黑箭。

「歲！」萊恩朝千冬歲拋出一把白金色長刀。

頭也不回地接住刀柄，千冬歲的身影瞬間消失在我們面前，重新出現時已經浮空在墮龍神的頭頂，一圈金火繞在他身邊，黑色長髮隨著在溫度極低的寒風中散開。

三頭龍大概在那時罵了一句可能是髒話的話語。

白金色刀影在墮龍神頭部轉了一圈，連怎麼動手的都看不清楚，三頭龍中央的主要腦袋整顆被削下來，所有人都還沒反應過來時，墮龍神的頸部到尾部垂直地出現一條切線，長形的身體緩慢地往左右翻開，把皮下的肉、臟器，以及切開的骨骼完全暴露在空氣當中。

原本被我挖了心臟的地方居然已經又有了另外一顆心臟，但是整個是黑色的，上面纏滿怨恨和殺戮氣息，沒有任何生機，好像只是個臨時取代的零件，正在激烈跳動。

映河七葉可能沒想到平常和他對嗆的千冬歲獨自就把墮龍神劈成兩半，整個人露出浮誇的震驚表情。

壓根不把周遭人的反應放在眼中，千冬歲在高空俯瞰即使被切成兩半仍在不斷咒罵的墮龍神，一點表情也沒有，眼神冰冷得彷彿在看死物。

然後他轉看向自己手上的長刀，大概是正面撞擊了力量等級不同的存在，白金色長刀出現大量裂痕，毀損得很嚴重。

被喵喵攙著的萊恩吐出大量鮮血，嚴重負傷還得控制幻武配合千冬歲斬開墮龍神，整個人幾乎快撐不住了，只剩一口硬憋著撐住自己的氣。

我看著墮龍神都一堆內臟滾在沼澤裡了居然還沒死，而且身體好像有往回黏的趨勢。

「廢話，本尊剩一點骸骨都可以等待潛伏重生，想弄死一條高等龍沒那麼簡單。」魔龍說道：「去把他的心和腦搗碎，接著用火把整個身軀連靈魂燒成灰燼，這樣才是眞正的死亡。」

哪種火才可以把墮龍神連靈魂整個燒到死？

「千冬歲！住手！」

終於感受到自己兒子是真的要屠神，這輩子可能第一次經歷這種荒唐情況的雪野家主失聲喊道：「不准動手！給我停下！」

千冬歲往自己父親的方向冷冷投去一眼。

下一秒，金色火焰如流星雨般往下墜去，所有火團全都打在墮龍神的皮肉、內臟、心臟，被剁下來的那顆腦袋甚至也點燃了，熊熊金火瞬間在墮龍神身上猛烈燒起，高竄的火舌直衝天際，原本深黑的天空被映得一片金紅。

千冬歲被包圍在火海中，焚燒墮龍神的金火避開他，像是把他捧在其中，高高在上地俯視腳下萬物。

有那麼一瞬間，我突然覺得當年帶領雪野一族傾覆墮神族的初代龍神子，大概也就是這個樣子了。

第七話　弒神

禍印在眾目睽睽下被擊殺，除去我們這方的人，雪野家及七葉家的所有人都嚇呆了。

每個人都死死盯著火海裡的千冬歲，而被注目的人根本不在乎外來的視線，身形一閃，回到我們面前，動作很輕地把幻武兵器放在萊恩前面，然後看著渾身浴血的萊恩一眼，立即再次直起身。

他冷眼轉向一臉茫然的雪野家主。

雪野一族靠著龍神神諭縱橫世界這麼多年，這位家主可能是歷史上第一位親眼看著自己龍神主被親兒子屠掉的族長。

說眞的，一點也不想同情。

「你……」雪野家主已經震驚到說不出話語。

「禍首當誅。」千冬歲以異常陌生的眼神看著男人，然後轉過頭，並沒有我們擔心的一刀將他父親劈開的舉動，而是往精靈結界外圍走去。

「千冬歲！」示意哈維恩照顧好萊恩他們，我摀著還在劇痛的頭，努力拔開腳步追上去。

根本沒有打算等我，千冬歲的身影直接消失，然後出現在結界外的墮神族前方。

七葉家鎮壓正在燃燒、但仍想逃命的墮龍神的同時，外圍的墮神族也終於開始恢復神智，一個個好像被按下暫停開關，停住到處破壞的蠻幹動作。

我隱隱聽見了墮神族之間傳遞的細語，不懷好意的話語一致往同個方向流去。

黑暗裡，有個形體慢慢地站起身，「他」的身形並沒有其他墮神族那麼高大，反倒偏於瘦小，大概就是兩百公分左右的那種人類體型，雖然身上有幾處腐敗之處，但很輕微，與其餘幾乎腐爛的墮神族們不同。

就在我感知那存在之際，對方也注意到我，猛一抬頭，從遙遠的位置朝我「凝視」，視線交會的瞬間，我全身寒毛都豎起來，甚至覺得我們之間根本沒有距離，他就站在我面前，帶著噬血的微笑打量我。

「曾經的盟友，我勸你，就此止住腳步。」

森幽的聲音直接傳遞到我腦袋裡，沒有惡意，只是單純的警告，其中居然還有幾分友善的意味，這讓我有點疑惑。

盟友？

「我們並無與邪神或黑術師聯手的打算，待同胞完全甦醒，做完該做的事就會啓程離開此處。」很可能是首領的墮神族懶洋洋地開口，聲音很低沉，略帶點沙啞磁性：「妖師曾與吾族為友，我們不要相互為難，睜隻眼閉隻眼吧。」

「你是誰？」我皺起眉，把情緒沉澱下來，重新抽出黑暗力量連結上空氣裡的細語，把自己的聲音傳遞到對方那邊。

「你見過，不是嗎。」

才想問他哪裡見過，一幅影像猛地在我腦內鋪開，那是刻印在牆上不斷連續的圖案，描繪著手握紅刃的人與頭頂上有著紅色眼睛的龍，最後以一場慘烈的悲劇結尾。

「龍族不敢明述事實，然而妖師一族曾經支援過我族……雖然也是很久以前的舊事，看來如你這樣的後代亦不知道詳情。龍王會讓你去那個地方不是沒有道理，也不單單只因為你是黑色種族不怕污染，實則是我們有不會與妖師一族敵對的諾言在先，在那裡殘留的怨恨與詛咒不會纏上你，你只須要對抗『濁』的引誘。」不知道是不是太久沒和人說話，墮神族好像很有聊天興致，也不管我有沒回應，逕自繼續往下說道：「可惜你看起來並不是當代首領，否則可聊的還很多，和個孩子實在沒太多共鳴點。」

不要說共鳴了，我還莫名其妙呢！

但是聽他的意思沒打算開戰。

「你確定你們會乖乖走人，不會造成傷亡嗎？」我頓了一下，連忙補充：「出去也不能傷人？否則我不能讓你們離開。」

「這不能保證，雖然曾為盟友，但你這小朋友總不能阻撓我們尋找仇敵報復吧？」墮神族發出笑聲。「毫無干係的倒可以保證，我們雖然是墮神，但並沒有失去理智，不會像那些低等鬼族一樣濫殺。」

「如果你的仇敵是雪野一族，很抱歉，我會阻撓。我在這裡的原因就是雪野一族裡面有我的朋友，我想保護他們，甚至我會站在他那邊與你為敵。」我沒忘記墮神族為什麼會被埋在神鎮山下面，對方嘴裡的仇人是誰，用膝蓋想也知道。

「你的朋友是那個龍血洗脈的混血小子嗎？」墮神族沉默了幾秒，搖頭。「這不行，小朋友，這些自稱龍神之子的人類們對我們有滅族毀山之仇，雖然不是主要仇敵，但我們有權報復，特別是擁有龍血傳承的，他們正是凶手的後裔。」

「那就只能當敵人了。」我打起精神，重新凝聚黑暗力量。

「我還是勸你別插手，不過看在你面子上，如果那混血小子擋得住我甦醒的三招，我就讓他們多活一段時間。」

談話到此，基本上是破裂。

黑暗裡的人終於走出來，金色火海的餘光映射出他的面孔與身體，對於人類來說依然很高大的男子有著暗灰色的皮膚與大量棲伏於身上的猛獸黑色刺青，深黑的眼睛準確無誤盯著我的方向，一頭同樣灰白斑駁的頭髮又長又粗，全都糾纏在一起，像野獸的剛毛般，相當凌亂。

畢竟還是死者復活的狀態，墮神族們身上基本沒什麼布料，只有殘破的幾片粗布勉強擋住重點部位，才沒有呈現巨大的裸體狀態狂奔。

千冬歲瞬間出現在墮神族首領面前，捲著金火的箭矢瞬發，幾乎一照面就把箭尖射進對方眼裡。

墮神族首領反應也很快，灰色手掌倏地抓住襲擊的箭支，揮手便朝千冬歲反射回去，後者一偏頭躲過飛回的利箭，還順勢收回箭支重新架弓。

不過這時候墮神族首領已經逼至千冬歲面前，千冬歲只能轉身迴避。

「墮神族，甦醒吧！」墮神族首領仰天長嘯，那些原本在發呆的族民大夢初醒般抬起頭，接著從四面八方傳來吼叫，不斷回應首領的召喚，既興奮又憤怒，從神鎮山底下的囚籠被釋放出來，讓他們激動地拚命大吼，想把所有怨氣全都返還給天與地。

被隔在結界外的黑術師逮著機會，跟著群起鼓譟，又一次往開始不穩的結界猛衝，小灰影見獵心喜地直接撲往千冬歲所在的位置。

一襲黑色衣袍出現在千冬歲身邊，法杖一旋，硬生生把小灰影打飛出去。

「月守眾。」墮神族首領露出發狂前的笑容。

「山神與其眷屬部眾。」趕到的流越準確無誤地說出對方真正的身分，瞬間重新拆解並架設精靈結界，更強大的穩固守護陣法眨眼成形，卸除學長必須同時攻守的壓力。「我聽見你們的對話，不能直接離開嗎？」

「這可不行，滅族奪山的仇恨不能化解。」墮神族首領盯著同樣戰意滿滿的千冬歲。「況且這小子正在最後試煉，意識不清，弄死他正好讓這些混血人族痛徹心扉。」

流越正想說點什麼，已經不想再多廢話的墮神族們就地發起新的攻勢，數名回頭去衝撞原本陣地殘留的那些雪野族人，首領則是正面槓上千冬歲。

重新凝聚黑暗，我剛要幫忙，後方有人按住我的肩膀，往千冬歲那邊拋去一柄銀白色的長刀，拖著一身傷勢的萊恩義無反顧地加入戰局，對上墮神族首領。

即使神智還不是很清楚，不過長年下來的搭檔反應仍然存在，千冬歲自然而然地接住了刀刃，金色火焰一轉，與萊恩默契十足地纏鬥上墮神族首領，瞬間雙方戰況僵持，不再把戰圈向外擴大。

我回過頭，看見雪野家主在震驚後重拾原本該有的理智，也知道眼前這些真正復生的墮神族異常危險，急召族人長老與神靈重整旗鼓，應付起零散發動攻擊的墮神族，不過經歷過龍神主被滅，雪野家主的力量明顯衰敗許多，和初遇到時的那種強大完整感判若兩人。

就在此刻，原本已經被燒得無力作怪的墮龍神方向傳來超級不妙的危險感。

發現流越在場，短時間內觸碰不到千冬歲與其他人，墮神族們又不受控，小灰影乾脆調頭衝進金火裡，熊熊烈火眨眼熄了一大片，垂死邊緣的墮龍神沒太多抵抗力，霎時就被小灰影侵佔身體。

七葉家的人雖然想擋，但黑術師群出，很快便居於劣勢，就連學長和哈維恩都被當中幾名纏上。

我再次想捕捉墮龍神及那些黑術師的精神意識，但腦袋突然一炸，眼前跟著一黑，差點沒昏過去。

「弱雞，你的限制差點衝破。」魔龍傳來有點憂慮的聲音：「你的完整力量還控制在你們族長手裡，太勉強當心咒約反噬。」

按著腦袋，我感到很生氣，又是在關鍵時刻做不了事情！

火海完全熄滅，焦黑的墮龍神開始重合被劈成兩半的軀體，怨氣直沖天際，引來陣陣雷動，深黑的雷光轟然打到地面，粉碎困住他的金柱，徹底撞開周圍所有七葉族人和黑術師。

完全接受邪神力量的三頭龍開始吞噬自己的頭部，最後只剩單一顆腦袋，焦黑的鱗片不斷從他身上脫落，接著逐漸長出新的鱗片，但是新的鱗片一長出來就被腐蝕溶解，於是又脫落、再度長出新的，整個身體不斷如此反覆循環，甚至發出恐怖的腐爛惡臭。

這瞬間我腦袋裡只有個想法。

下次詛咒人不要用這麼傷眼睛的變化了！

「用這個。」

一個盒子朝我飛過來，我下意識接住，約莫半臂長的窄盒，打開裡面全是各式符紙，每張皆為塗鴉式圖文，滿載各種充沛力量。

越過我衝到前方的六羅飄來話：「節省核心精力，牽制雪野家少主還要靠你們。」說完，他鬼影一般閃過好幾個黑術師，來到墮龍神面前，一刀往禍印左邊眼睛削去，極快的速度把那顆豎眼分為兩半，但瞬間又重合，只帶出一線毒霧與毒液。

「躲開。」平空飛出來的單眼烏鴉張開嘴，帶著黑暗的烈焰火柱朝墮龍神眼睛噴過去，凶殘地將那個眼窩燒出一個窟窿，數秒後，眼窩洞裡湧出了黏液，飛快地重組器官。

另一邊，雪谷地的長老也現身在千冬歲他們那邊，扛下墮神族首領的衝擊。

「萊恩！」我在盒子裡抓了一把符紙，把剩下一半丟給萊恩，他的傷勢太重，加上原本就不擅長術法，帶的靈符可能有限或是在上一輪用罄，會比我更需要這些輔助。

萊恩沒回頭，精準地一把抓住盒子，急速從裡頭點出幾張布置在周圍，接著繼續補上千冬歲的合作招式，將墮神族首領打得往後退開幾步。

取出夕飛爪的喵喵也隨在側邊施放各種術法，不時從地上長出綠植絆住周邊墮神族的腳步，讓千冬歲那邊可以不用分心。

我抽出幾張符紙，一翻手，那些符全都變爲子彈，一顆顆力量感都不相同，但可以感覺均十分強勁，六羅可能像夏碎學長一樣平常都在把得到的力量塞進這些裡頭，他身後有水火妖魔這樣的靠山，取得的資源十成八九更多了。

把幾顆子彈扣進二檔的狙擊槍裡，我調動自己的白色血脈，選好位置就朝學長後面的黑術師開了一槍，黑術師被冷槍打中尾椎，整個炸到旁邊，學長立刻脫離戰圈到達墮龍神前方，重新展開精靈陣法，取代七葉家被破壞的金柱。

「混帳！」映河扯掉破碎外衣，一臉狼狽地回到原本位置，快速變換幾個手印，數個金色法陣順時鐘繞著墮龍神轉了一圈，金色流火立即連接拉出框線，配合精靈術法設置新的囚籠。

在這時間裡我又對幾個想要襲擊他們的黑術師放槍，幸好米納斯可以自己校正，所以不用費時瞄準就能一槍一個，很快那些黑術師注意到我，好幾個圍了上來，不斷衝撞大結界。連墮神族也一拳一拳搥在上頭，奮力想把裡面的雪野族人拖出去扭斷脖子。

「你們專心應敵。」流越持著法杖，再次加強陣地結界，穩若磐石般完全不被外面各種攻勢影響。

高飛在空中的單眼烏鴉再度張開嘴，這次噴出的火焰整個是黑色的，而且火柱比剛才凶猛好幾倍，直接從墮龍神的左眼貫穿到右眼，燒出了腦門中空的通風大洞。

學長身上的銀色圖騰一轉，翻成火焰般的灼紅，布滿黑雲的天空朝墮龍神所在位置砸下新一波火雨，接著一頭火焰組成的炎狼由上往下俯衝，用它巨大的爪子狠狠把禍印的頭部按進地面的毒沼澤，一口咬在墮龍神頸部，凶殘地撕下一大塊肉，咬開的傷口發出高溫燒灼的滋滋聲，噴出一圈圈毒霧。

即使攻勢猛烈，但禍印的復元能力卻快得異常，幾乎短短幾秒便重新復生出一樣的組織，即使詛咒不斷融化他的表皮和鱗片，那具可悲的軀體依然拚了命地重生。

邪神碎片大概沒想到會變成這種後果。

得到力量想要突圍的禍印被許多人圍剿按著打，但他的身體卻又瘋狂再生，這讓他在短短時間裡不斷反覆承受眾多痛苦和各種肢解；可是外圍的人也沒有輕鬆到哪裡，重振旗鼓的七葉家卯起來鎮壓墮龍神，囚籠依舊一次次被撞裂，學長、六羅等人接連使用大型攻擊術法，結果目標物還是一直再生，完全變成了消耗戰。

現在只剩下兩種結果，一是邪神賦予禍印的力量耗盡，最終被滅得灰都不剩，二是學長他們力氣用完鎮壓不住，讓墮龍神趁隙逃走。

黑術師群也注意到這狀況，放棄與我們對峙，聚在一起後拉開與我方的距離，幾個邪惡術法、陣圖張開，天空傳來轟隆隆的聲響，壓低的雲層裡奔雷閃爍，接著是紫黑色的火焰電光突出，巨大的弧形物體開始向下墜來。

等到那東西的實體露出後，我都想跟著罵髒話了。

流越轉過身，直接在三邊戰場上各加蓋一層結界壁，硬生生扛住砸下的隕石，難以形容的巨響直接在上方爆破，大概就是那種好幾發強力導彈爆開的效果，隔著結界壁仍能把所有人震翻在地。

狂暴的火與煙過後，神鎮山已經剩下不到一半了。

本來想說流越這些技能也強到太犯規，但我看過去才發現他的袍子下襬變得有點沉重，地面上出現不明顯的血跡斑點，但很快就被他不著痕跡地用腳抹掉。

「要用看看嗎？」哈維恩不知何時回到我身邊，兩手搭到我頭上幫我舒緩部分腦痛。

「嗄？」我愣了下。

「我發現墮神族術法裡有一些古老驅動語，可以幫你讀取出藏在裡面的黑暗咒文，透過這座山下的連繫，嘗試召喚沉睡在深淵的魔物。」夜妖精想了想，說道：「應該足以夷平整個雪野城池，包括附近一帶的白色種族。」

「等等，我還沒打算毀滅世界。」這聽起來我馬上就會被白色種族傾巢而出殺乾淨啊！

哈維恩嘖了聲。「算了，開玩笑的，不過確實可以幫你讀取黑暗咒文，試試黑與白的共生法術。」

不，我覺得你剛剛完全不是在開玩笑。

「共生法術是你去七陵學院學的那個嗎？」我想起四日大戰時，哈維恩就是羨慕那種操作方式，後來很常出入七陵學院。

在獄界時，黑王也有針對我的血脈教導類似的共生術法，不過因爲平衡難度很高，十次有十次爆炸，通常我都是直接把力量調整成黑暗或白色其中一方比例佔高，較好專心發揮。

這點學長就強太多了，看他現在冰火兩種運用自如也不太容易失衡，眞的人比人氣死人，隔壁家的小孩永遠比較優秀的典型範例。

「嗯，你現在黑暗力量見底，但先天的血脈優勢還在，所以可以嘗試呼喚基本元素。」哈維恩從六羅給的那些符紙裡挑出一些，快速點貼在空氣中，黑與白的術法啓動，相互交織成不穩定的扭曲圖形。「墮神族使用的術法很多都含有古代文字，應該是數千年前在黑色種族裡用過的黑暗元素文，我重新排列後，配合這些元素符紙，你可以使用看看，同時調動你體內的兩種血液，喚醒能夠聽從你的外在力量。」

聽起來有點像是精靈使用某些自然力量的模式。

哈維恩挑出來的符紙也眞的都是純粹元素構成的術法，大多都是光與暗，其他的都被放回，盡量沒給我太多分項避免控制分散。

欸等等，我突然意識到好像哪裡不對。

「你看得出來墮神族的術法？」這是什麼超強的分析力？而且我看很多墮神族都沒有把術法或陣法化爲肉眼可見的樣子展現出來啊！

「？」哈維恩愣了愣，大概不明白我突然問這句的意思：「他們吟唱古語，引動黑暗力量，空氣中全都是黑色語言，所以大致上能夠分辨出來……我們是導讀黑夜的一族啊？這不是理所當然的事？」

……還有這種讀法嗎！

犯規了！裁判！這個犯規了！

我看著很不穩定的圖形陣。

哈維恩把符紙裡的力量取出之後編織成形，他自己單手按在黑色符文上，示意我把手放到白色符文上，「請跟著我的引導。」

雖然焦急於周遭情況，不過我還是靜下了心，很快便感覺到白色符文中傳來親和的力量，可能是六羅製作的關係，這些淡光立即納入我的支配，接著是隨之跟上來的暗色黑影，一絲奇異的語言傳來。

我連忙調整血脈力量分布，盡量讓黑與白能平衡，好讓兩種低語可以同時遞換。哈維恩開始吟唱那些古語，很快地我就捕捉到被墮神族們驅使的另外一種、較為深沉的黑暗，甦醒的墮神族們身周都環繞一層淡淡的這種力量，也就是因為有這層東西，所以他們才沒有完全被小灰影附著，而是藉由小灰影和黑術師的術法甦醒後，直接過河拆橋把他們踢開。

「繼續。」留意到我們這邊的動靜，流越的聲音輕輕響起，一絲微風繞著我們兩個轉了一圈，原本還在扭曲的雙色術法穩定下來，像花朵般層層綻開，我按著的白色部分出現了鳥的圖形，哈維恩那邊則是出現了龍紋。

專注在兩股力量上，我慢慢地呼喚古語裡傳遞來的黑暗，那些墮神族周邊的深黑無聲無息地抽出了幾縷往我們這邊的陣法纏上來，回應我的召喚。

白色的力量雖然也有，不過還是弱了一點，而且不像黑暗可以去偷別人現成的來用。

我手下的鳥紋黯淡得好像快要熄滅。

哈維恩又加上幾張光符，勉強讓紋路明亮些，不過對比之下仍很衰弱。

這時候我突然想到學長最近那個「小孩們不可學習」的行為，於是直接在手上找個傷口，調動白色血脈，擠了不少血到圖形上，順著圖紋畫了一圈，白色的紋路果然明亮許多。

流越的聲音再次傳來，這回意外地不是往常那種公開頻道，聲音直接在我腦中響起，其他人並不知曉：「墮山神一族使用的是闇之咒，黑暗力量你已經知道如何調動，我告訴你對應的光之咒，仔細聽好了。」

我點點頭，瞇起眼睛，把白色血脈那塊力量全放到手上，作為媒介引動周圍大家殘餘碎散出來的白色力量，專注著流越告訴我的咒文吟唸：「存於風裡、存於流水、存於被雲層拂過的鳥羽、存於落於土地的花葉、存於奔跑的生命。金光閃爍、銀光墜落，千古不改、萬年不變，天降之劍刃，劃破沉夜而來。」

白色的鳥整個發出金光，然後從圖紋陣法中展翅飛起，另邊的黑龍也隨著我變動的力量尾隨翻起身，兩邊把剩下的符紙力量全吸乾後倏地朝學長和六羅各自飛去，經過的沿途散落數十個大約一人能站的黑白圖騰。

幾名雪野家的術士和殘存小神靈互看了眼，咬牙挑了白色圖騰站上去，注入他們剩餘不多的法力。他們終究還是選擇合作一起把家主的龍神主給滅了，而不是讓雪野家與墮神有所牽連，違背他們所謂的家族興衰大義。

雪野家主至此已面如死灰，他看上去其實有點想阻止家族的站位，但身為家主，他不能阻止其他族人消滅對家族有害的存在……可能今天之前他完全沒想過龍神主會成為眾矢之的，而他得眼睜睜看著其他人毀滅自己的契約神主，等同把他一身被龍神眷顧而來的力量徹底銷毀。

這就是種報應吧，他和禍印花了那麼多時間傷害夏碎學長和千冬歲，現在輪到他們自己把惡果吞回去了。

我冷冷一笑，繼續偷走墮神族們的黑暗，導入黑色的圖騰當中。

學長和六羅各自伸出手臂，白鳥與黑龍分別落在他們手上，穩穩地棲伏。

「小六羅，站穩囉。」單眼烏鴉聲音一變，轉為水妖魔的嗓音，接著牠大張鳥喙，炸出巨大的邪氣，全都灌進黑龍與黑圖騰裡，瞬間黑暗比例嚴重傾斜，泛出可怕的血光。

我翻出宿雨最後交給我的花朵，把花按進白色圖騰裡，另邊的學長也抓出好幾把水晶塞進白鳥身體，幾支轉著金火的箭從千冬歲他們那邊飛過來，一根根插入無人佔據的白圖騰中。

「小孩，還想分心嗎！」墮神族首領在這瞬間把千冬歲擊飛出去。

七葉家的人也分別站進圖騰陣法，各自把法器符咒什麼的用力塞進引渡陣法裡，終於把共生術法平衡下來，進而啓動陣法開始運轉。

說眞的，我還不知道哈維恩弄出來的法陣是要幹什麼用的，他只說是共生術法，但是他疑似忘記說效果……喔靠，不要眞的是夷平世界！

就在我突然意識到問題點時，學長和六羅手上的白鳥與黑龍已向上衝入雲層，順勢把一顆正要下墜的隕石撞得粉碎，由此可知那兩個東西已經吸飽多少力量。

天上雲層劇變，洶湧翻騰，比剛剛隕石下墜時滾動得更加厲害，接著有三角尖銳的東西帶著雲層和氣流下壓，直到巨劍鋒利的尖端穿透阻礙，帶著黑光的劍落在墮龍神的尾部，帶著白光的劍落在墮龍神的頭部；黑劍瘋狂吸食燃燒墮落的邪惡力量，而白劍則不斷將光灌入墮落者的體內，自內部焚燒黑暗。

「共生術法，破滅。」夜妖精露出殘酷的冷笑。

原本已被制住的墮龍神這次眞的完全瘋狂扭曲起來，被釘住的頭尾都快撕開，整具身體擰轉到恨不得把自己的頭尾硬扯下來。

幾秒後，墮龍神的身體鼓起，像被吹氣一樣脹大，糜爛的軀體不斷有黑火、白火鑽透皮膚和鱗片噴出，視覺上異常可怕，還能聽到一些雪野術士發出乾嘔的聲音。

接著一聲憤怒的嘶鳴從裡頭傳出，一小片灰影逃難似地衝出墮龍神腫脹的軀體，已經半個身體被燒掉，還有火舌像惡犬般追著它衝出來，不咬死不罷休。

幾名黑術師衝上去搶救哀嚎蜷曲的小灰影，首當其衝的一人被白火炸爛半張臉，一群人撈著小灰影急急退到最遠的地方。

邪神碎片一分離，墮龍神就開始粉碎化。

知道自己逃不過這劫，禍印大張的嘴裡擁出各式各樣毒蛇猛獸，那些扭曲至極的邪惡物體一脫離本體，馬上化爲各種詛咒往四面八方噴射，死亡前的恨意濃烈到竟把流越的結界也穿透，幾名沒來得及躲避的雪野家術士被濃墨般的黑暗打到身上，有一、兩人直接當場潰爛，發出淒厲的慘叫。

另一部分詛咒衝破切割外界的大結界，流星一樣墜落到外面的世界。

流越發出悶哼，似乎也被這波生命死咒擊傷，不過他還是很快地修補了所有結界，把最後一大片惡咒擋下了。

掉落的黑色詛咒開始腐蝕已經毀得差不多的神鎮山，殘餘山體發出哀鳴，與墮龍神同樣逐漸溶解崩散。

這座雪野家第一代龍子打下來的神鎮山，在今天畫下句點。

接下來可能有好幾百年的時間，這裡會變成一整片劇毒沼澤，又深又寬，終年盤據著各種有毒動植物和蟲蛇，毒霧會濃到遮避天空，連一絲陽光都照不進來，只要有人接近就會被溶化到連骨頭都不剩，成爲雪野家最大又最可怕的爛攤子。

我認眞覺得，千冬歲還是放棄當家主好了。

第八話　墮神

小灰影發出驚恐的哀鳴。

這次不是被燒到尾椎那種哀叫，而是極度恐懼的叫法。

狼神抓到他本體了！

毫無理由，我直覺就是狼神和紅龍王終於逮住邪神本體，而且很可能正在進行慘無人道的痛毆，不過大概邪神還是狡猾得沒法第一時間幹掉，以至於小灰影只是哀叫，並無瞬間消滅。

神鎮山完全被夷平毀滅後，流越調整了術法，在寬廣的毒沼澤上架設大片大片的空間陣法，讓我們暫時有落腳之處，不會直接踩入泥濘裡。

雪野家主頹然地在陣法上半癱坐下，被他身邊的親信扶持著，原本意氣風發的面孔瞬間老了許多歲，不再有絲毫囂張的氣焰了。

我冷看了他一眼，走到這地步他應該也無法作怪了，今天發生的所有事情夠打擊到他死的那一天，而且神諭家族的歷史還會記上一筆他是史上第一個龍神主爆炸的家主，光想就覺得他會悔恨終生。

喔對，他可能還會用餘生恨死我，嘖嘖，又是個往後會常常詛咒我的冤親債主了。

最後一抹墮龍神的灰燼墜入沼澤後，我們幾個使用共生術法的人脫力地軟倒原地，就連學長都不例外，他整個人半跪在原處，身上的衣服都被血浸濕了，那些藥物累積出來的力量不斷潰散，使他身上的圖騰顯得紊亂。

相較之下，有單眼烏鴉幫助的六羅就好上許多，畢竟他的身體特異，而且灌力量的基本上不是他，所以還能夠如常行走，轉身便把學長扛到我們身邊，簡單替我們幾個人做治療，然後用種無言的眼神看學長：「你再亂吃那些強逼力量的藥，會死得更快。」

我跟著一記白眼看過去，看得學長僵硬地轉開頭。

所以我說，有些人就是欠教訓，經歷一次就會怕。

另一邊，還在與墮神族僵持的千冬歲抓住萊恩的肩膀，直接把人推回到我們這邊。

「怕你的小朋友把最後一滴血耗盡嗎？」墮神族首領噙著冷笑，看著一身肅殺的千冬歲。

「有意思，神智模糊還想保護其他人。」

千冬歲瞇起豎瞳，似乎很不理解墮神族的嘲弄。

「那個鳳凰族，妳最好也退回去。」墮神族看了同樣浴血的喵喵一眼，對她不怎麼感興趣地說：「趁我們還沒真正動手，留著條命快滾。」

「我不要！」喵喵往前一步，想和千冬歲同進退，但下一秒突然整個人被往後扯，千冬歲拽住想掙脫他的少女，一掌把喵喵打回我們結界裡。

「別出去，他們要拚搏了。」流越把想出去的人攔在結界內，就連六羅和雪谷地的長老都不放出去。「這是雪野一族與墮神族的仇恨，外族不能介入。」

「可是——」喵喵急著想要再出去。

「站住。」

冷漠的聲音從雪野家殘存的那些人方向傳來，雪野家主看著我們，眼神無溫，但也沒有以前的厲色，整個帶了些空洞，似乎只是在義務地告訴我們：「這是雪野一族和墮神族的事，既然龍子已成，那擊退墮神族就是他的任務，你們插手只會讓這些恩怨變得更難處理。」

「我是不懂什麼任務啦，我只覺得你們都在害他。」我好不容易才從地上撐起身體坐好，吸了口氣等腦痛過了一波後才轉向外面，因爲小灰影受創，那些黑術師暫時縮在一個位置沒有繼續找麻煩。

哈維恩靠過來，搖搖頭，向我解釋：「家族死仇確實必須他們自己了結，首領已經指名了，插手反而會讓事情更糟。」

我看著那些墮神族，果然周圍的一些都已退開，並沒有佔著人多的優勢圍攻，只留那個墮神族首領與千冬歲在中間。

七葉家的人看似想要上前去消滅墮神，但觀望了狀況後，染花和映河抬手攔止族人，應該是要讓雪野家和墮神族先處理死仇糾紛。

所以說當時神鎮山上到底發生什麼事？

怎麼現在聽起來也不是那麼簡單殺掉墮神然後建立家族的故事……喔不，應該是殺掉墮神建立家族沒錯，不過中間顯然還有其他事情須要解壓縮。

「繼承龍血的龍子。」墮神族首領打量著飄浮在他正前方的千冬歲，後者身周燃著一圈金火，跳動著危險的氣息。他輕笑了聲，不以爲然地說：「龍王打的算盤眞好啊，讓混血竊取我等的山所不說，現在把正在歷練的繼承人推到我等面前，想藉我等力量讓他渡過最後一劫嗎？偏偏不如你們所願。」

千冬歲微瞇起豎瞳，冷酷地盯著對方。

兩人的決戰一觸而發。

縱使我現在已經和以前不同了，但他們交戰的速度對想看清的我還是很吃力，雙方力量瘋狂對衝之後，整片毀壞已成泥沼的廣闊區域狠狠地震動，覆滿大量毒素的沼水不斷向上翻動，被風壓向上拉扯，幾十個腐臭墨黑的小龍捲四處成形，挾帶著滿滿的毒蟲猛獸，朝千冬歲的位置瘋狂撞擊捲動。

視線並沒有從墮神族身上離開，千冬歲從火焰中取出一支支金火組成的箭，紛飛的箭矢命中那些毒水龍捲，重新將這些不入他眼的存在打潰散落回沼澤。

墮神族首領隨即出現在千冬歲面前，一掌把他拍飛出去好一段距離。

被擊飛的千冬歲還沒落地就鬆手朝對方放了一箭，接著身體一扭，穩穩落到火焰形成的落足點上，同時黑弓已搭起兩支箭矢，瞬地穿透墮神族的手臂。

捏碎手臂上的火焰，墮神族首領抬起右手，兩人四周的沼水大面積翻起，還未死透的墮龍神在泥沼中急速翻騰、發出吼叫，往千冬歲撲去，惡毒的詛咒和泥濘組成的身體噴出許多毒蟲，瘋狂爆炸。

千冬歲快速後退，金火捲開大量毒蟲，然而被墮龍神的污泥撞個正著。他皺起眉，手掌化爪抓住面前的空氣，瞬間形成防壁，讓泥漿撞個正著，衝力加速度讓整顆龍頭爆開，大量泥水飛濺，拉出各式各樣毒氣的墜落軌跡。

我突然意識到千冬歲得到的力量正在衰退，他身邊的火焰比剛才減弱不少，重重試煉與殺死墮龍神已經耗掉他太多力氣，現在沼澤仍持續消磨他的火焰，更別說還有個墮神族首領站在他面前準備奪取他的性命。

似乎同樣意識到自己時間不多，千冬歲甩開身邊的淤泥，金色火焰再次不正常地猛烈燃燒，而且比先前更加耀眼奪目，彷彿最後一抹生命瑰麗的光彩，燃盡後就只剩下殘敗的餘暉。

我沒辦法再看下去，不顧魔龍和米納斯傳來的警示，嘔出一大口血的同時順著黑暗與邪惡的空氣，強硬連結上墮神族首領和千冬歲模糊的意識，迫使他們兩方短暫地停滯幾秒。

墮神族首領反應很快，立刻將我拒於門外，但並沒有直接把我反彈，只是把我的意識力量擠到一邊，否則我當場暴斃都算正常。

「千冬歲……」我想要讓千冬歲清醒過來，但是他的「聲音」非常混亂，根本聽不見我的呼喚。

幼小的孩子在他心中哭泣，他的內心一片黑暗，看不見任何光芒，如同凶猛的漩渦吞噬所有期待和希望。

「救不了他……我還是救不了……我誰也救不了……」

「既然如此……乾脆什麼都不要留存了……」

「我好痛苦……」

根本來不及抓住那個孩子告訴他，事情不是這樣，是有希望的！絕對有希望！只要再給我們一點點時間！

巨大的力量直接把我撞開，我腦袋一黑，全身劇痛到忍不住慘叫，眼所可及的皮膚整個撕裂開，露出模糊的血肉。

哈維恩立刻抓住我，努力地想把那些傷口治癒，但裂開的速度比他薄弱的治療速度更快，某種看不見的東西不斷切割我的皮肉，恐怖的疼痛填滿我的腦袋，然而我還沒辦法昏死過去，只能眼睜睜看著反噬力量把我的骨頭扭斷，發出可怕的聲響。

學長一把握住我的手臂，他的雙手因轉移傷勢也瞬間炸得一片碎爛。

「別！」六羅甩開學長，急速在我身邊設置陣法，在我痛到快奄奄一息時開始感受到有看不見的手溫和地將我身上那些暴衝的力量引導出去，減緩傷害。

這時哈維恩和喵喵的治療術才逐漸起了效果，緩緩縫合起幾處致命傷。

「別再幹蠢事。」學長咬牙罵道：「你是想連腦子都被炸爛嗎！」

我痛到連呼吸都像在吸入火焰一樣，完全無法回應其他人的話，只能蜷曲身體趴在六羅疊出的治療陣法喘息，腦袋嗡嗡作響，彷彿剛剛被肉錘硬敲了幾十次，差點眞的變成一坨爛肉，一臉血水淚水鼻水混在一起，不用看都知道自己有多狼狽。

黑王警告過我力量碰撞的後果，但是我還是想試。

沒辦法什麼都不做。

哈維恩翻出一件大衣把我裹住，焦急的夜妖精努力想把自己殘存的力量都送到我身上，眼睛急得有點泛紅了。

「放心，他沒事，逆流的衝擊已經中和很多，只要慢慢治療就好了。」六羅從我們身上找出剩餘的符紙，把治療性質的挑出來貼在陣法上，驅使治癒術力流動，速度很緩慢，但正細細地修補我身上那些糊成一片的傷口。

我咳著血，努力保持清醒，看著千冬歲和墮神族首領的方向。

兩人周遭完全淨空、不，應該說是被他們釋放出來的強大力量給焚燒殆盡，甫甦醒的墮神族首領雖然沒有恢復百分之百的實力，但已經足夠和力量正在衰退的千冬歲相衡。

「雪野的惡種，吃第一招吧！」

※

當年神鎮山上到底發生什麼事情，我們並不知道。

初代的龍神子究竟如何打敗所有墮神族，將他們鎮於山脈底下，我們也不知道。

但是目前未達生前實力的墮神族首領展現出來的驚人力量，卻在這一刻讓人窺探到那次神鎮山上的戰役有多麼可怕。

初代龍子究竟有多強才能夠擊潰這些墮神族？

難怪整個雪野家會貪圖那神般的力量，前仆後繼地進行神祭，甚至不惜犧牲親人的生命。

維持住整個結界空間的流越發出悶哼聲，切割時空的術法崩碎了一角，鎮壓黑暗天空的大陣法裂開來，邊緣出現裂縫，隱約可見外界的動靜。

相同地，外界也發現了這裡的異變，有不少狂信徒和黑術士趁機衝入。

墮神族首領高舉雙手，黑暗氣流在他手掌中凝出巨斧，一斧劈開直衝他門面的熊熊烈焰，那瞬間全聽命於他的黑暗力量成爲他的武器，轟然擊碎羽族切割術法的一角。

首當其衝的千冬歲把渾身的金火與龍神血脈提引至最高，硬生生接住了撼動天地的一斧，金色光芒炸開，驅散周邊黑暗，引起刺眼的強光，讓墮神族首領不由得退開一步。然而千冬歲也不是毫髮無損，他抬起左手，看了眼布滿裂痕的掌心與手臂，像是沒痛覺般表情不變，只從火焰中再次夾出兩支箭矢，纏繞在上頭的火焰更加閃耀，幾乎能燒瞎直視之人的眼睛。

雙箭咬上墮神族首領的左臂，直接燒出一個大洞，發出強烈惡臭。

墮神族首領發出囂狂的大笑，好像對於受傷這件事感到很欣喜，狂喜於自己能受傷，接著再次捲動所有黑暗。

趁著裂縫出現衝進來的狂信徒和黑術士大概沒想到裡面正在末日決戰，來不及躲避，就被迎面碾來的壓力絞得粉碎，血肉靈魂全都被捲入黑斧裡，嚎叫著的亡靈被迫同化成武器，氣勢竟比剛剛還要更強。

「第二招。」墮神族首領高舉起黑斧，挾帶著連風雲都捲動的氣流往千冬歲正面砸下。

空間結界不斷崩開，黑斧的衝力發狠地噴進雪野一族的城市裡，一些接近神鎮山的神社與核心建築直接被壓垮，破碎的建材被狂風吹得四處飛散，再也看不出原本優美如畫的模樣。

面無表情地把生命繼續注入金火當中，千冬歲抬起左手讓火焰成盾，再度接住第二次強擊，一道道傷口順著他的左手翻出皮肉，血花噴濺飛舞，染紅他的臉頰與身上衣物，那畫面瞬間竟然奇怪地有種慘烈的淒美感。

就好像某種很美麗的事物正在焚燒己身，慢慢死去。

黑斧造成的第二波攻擊餘波持續了相當長一段時間，隨後才逐漸停歇。

千冬歲大量出血的左手手指顫動著，直接凝血拉出兩支血箭架到黑弓上，朝著墮神族首領的臉上放箭。

血箭並沒有命中目標，只穿透墮神族擋在面前的左手掌。

他的攻擊一直很安靜，不像墮神族一樣操控風雲和猛烈力量，從頭至尾目標都只鎖定在墮神族首領身上，沒打算傷及其餘人。

「你們到我身邊。」流越的聲音淡淡傳來，變得很虛弱，連續兩次的衝擊讓本就疲憊不堪的他急速消耗體力。「我必須縮減保護圈，若是雪谷地的後人有意外，我要保留力量直接擊滅邪神碎片，以及……最壞的打算。」

我不想去思考何謂最壞的打算。

哈維恩直接把我抱起來退到流越旁邊。

雖然很討厭，但是那些雪野家的人也一併縮進來，包括家主在內，流越並沒有把他們踢出去外面受死，而是一視同仁地降下守護。

移動的同時，決戰那方已開始第三次、也就是最後一次攻擊了。

這次墮神族首領發出的力量遠超過前兩次，那些和小灰影待在一起的黑術師們突然噴發力量想要逃出去，因為氣流正在撕扯他們，有幾名黑術師已被捲入，像強硬按入果汁機一樣瞬間被捲成肉泥。

發現狀況不對的半塊小灰影掙脫自己信徒的保護，一溜煙竄入地底，直接逃逸。

剩餘的黑術師只逃出了一、兩名，其餘全被剮入黑斧裡，包括沼澤、包括天上飄浮的黑色雲層、包括墮龍神還在嚎叫的詛咒。

看著這一切的千冬歲只是緩緩地，露出了一個很淡的笑容。

「一起死吧。」

暴風颳碎空間結界，衝擊了大半座城池，撞毀無數保護術法、神社，外圍結陣想要阻擋毀滅的小神靈們被碾碎過半，連哀叫都沒來得及發出。

直到這時我們才發現公會與其他勢力已經到達，在第一波小神靈被壓碎後，後頭豎起的結界高牆勉強擋住了以神鎮山爲中心爆發的核彈級破壞，無數袍級四面八方使出鎮壓力量，好幾個黑色巨人在後方撐住結界壁，吸收掉噴發而出的洶湧黑暗。

模模糊糊之際，我認出來那些是我當初帶去獄界的朵巨人們，這讓我一驚，一口血又噴出來，整個人跟著清醒不少。

「沒事，是你的手下。」哈維恩按住我的胸口，注入術力，才沒讓我活生生嚇死。「他們當初效忠於你，代表妖師一族前來救援是最正常不過的事情。」

我咳了好幾聲，還是被嚇得不輕。

雖然知道黑王肯定會幫忙，但是沒想到他直接讓采巨人來幫忙，即使打著妖師一族的名義，但是這麼多巨型鬼族現身在這裡就很危險啊！

幸好因爲狀況太過危急，在場的白色種族們好像集體失憶，忘卻這些巨人是鬼族，連那些雪野家的族人都躲在鬼族和公會的庇護之後，完全不記得是誰設置了隔離外界的阻礙，不讓救援進來的。

墮神族的核爆終於逐漸平息。

煙霧瀰漫退去後，出現在高空中的依然是被金火保護在其中的千冬歲。

外界的人第一次看見這幕，不少雪野家的小輩們直接發出歡呼聲，歡欣龍子眞的出現在這一代。

但他們離太遠，沒看見千冬歲被鮮血染紅的赤衣，與他已經開始爬滿裂痕的手臂和面頰。

看著力量慢慢衰退而顯得萎靡的墮神族首領，千冬歲第三次夾出兩支箭，這次是完全純白的箭矢，上面有著淡淡、如水般的清淨氣息。

羽箭離弓，墮神族首領瞬間抬起雙手，左右掌心各穿透了一支箭矢。

然而千冬歲一反手，又是兩支白箭，眨眼飛射而出，一支貫穿了墮神族的咽喉，一支貫穿了墮神族的胸口。

墮神族首領看著插在身上的箭支，爆出大笑。

「好，這次放過你們！」

周圍其餘墮神族立刻包圍住自己的首領，沒有戀戰，眨眼便失去了蹤影，連氣息都沒有留下，消失得異常乾脆，無法追蹤。

我靠著哈維恩，仰望著高空的千冬歲。

「恭迎神子！」

雪野家主對著族人們大吼：「神祭完成！雪野一族新神子誕生！」

歷劫後的雪野族人們全數跪伏在地面，此起彼落地喊出：「恭迎神子！」

我看著這些人，只想罵髒話。

怎麼死的就不是這些人啊！

媽的！

「等等，狀況不對。」

雪谷地的長老望著上方的千冬歲，皺起面孔，順手擦掉黏在眼皮上的血污，他在激戰過後也差不多搖搖欲墜，雙眼模糊，於是瞇起眼睛想要更仔細看清楚並沒有收回力量、反而任由體內氣血繼續往外散的少年。「他過度使用力量，現在用盡崩潰，快死了。」

雪野家主一聽，臉色大變，指使衝進沼澤區域的族人上前搶人救治。

不過那些雪野家的術士還沒接近千冬歲就被看不見的力量彈開，如果不是下方流越的陣法接個正著，差點全掉進重新積滿毒水的沼澤裡，被滿坑滿谷的毒蟲吞噬。

原本靠在喵喵身邊接受治療的萊恩掙動著，想要支撐起身體帶回千冬歲，然而我們幾個傷勢都很重，尤其是他，幾乎沒辦法自己好好站起，一動便從身體各處流出血液，快把一身血流乾了。

「不能靠近他。」流越突然傳來警示。

站在火焰中的千冬歲淡然地看了我們一眼，染滿鮮血的臉頰慢慢爬出黑色細絲，我心底一涼，看見他的脖頸開始出現不祥的黑色猙獰紋路，就和當初夏碎學長身上那些相同，彷彿一模一樣複製上去的。

我們以為那半塊小灰影逃跑了，它卻在墮神族首領最後攻擊時找到千冬歲力量的破口。

千冬歲完全沒有抵抗邪神的意思，任由那些黑色圖案急速攀滿他半個身體，原先還在歡欣鼓舞的雪野族人一個個愣住，目瞪口呆地看著他們剛得到的神子即將殞墜。

「你們方才很開心嗎？」慢慢地移動視線，掃過那些怔住的族人，千冬歲最後將目光停留在雪野家主身上，露出一抹沒有情感的淡笑：「現在，失望嗎？」

「你這是報復嗎？」雪野家主瞪著逐漸染黑的兒子，無法置信得到力量的人竟會直接這樣放棄。

凝視著父親，千冬歲的豎瞳瞇起來，原本渾渾噩噩的意識似乎正慢慢變得清晰：「報復？不……我只是看見了……這東西讓我看見……神鎭山上，原本先祖是要離開的……但是族人率先攻擊了墮神族引起大戰……先祖無法，才把墮神族剿滅並鎭埋於山下……爲了家族大義……犧牲了很多人，還有我哥……我哥已經沒了，爲什麼我要成爲你們希望的人？替你們爭取家族榮耀？對我而言……我想要讓他看見榮光的人，沒有了……都沒有了……」

「你連你的母親都不顧了？」雪野家主突然開口，語氣變得強勢且咄咄逼人，似乎正在打出另外一張王牌，逼千冬歲不得不正視：「深藏在雪地之下的那女人也無所謂了？」

這是我第一次聽見千冬歲的母親被提起。

說眞的，我一直以爲千冬歲可能和夏碎學長一樣早就沒了母親，因爲幾乎沒聽他說過，而且也沒眞正見過這位夫人，對她的所知都是透過那些殘缺的記憶畫面。

千冬歲突然笑了起來，神情變得有點溫柔，像透過虛空在看著某些我們無法看見的幻影：「我的母親早就說過，她的魂靈與大夫人同在，她把自己獻祭給月讀尊，祈求眾神撿拾大夫人破碎的遺魂，剩下那個軀殼只不過是被強留著喘息的死物，愛怎樣就怎樣吧。」

「你──！」可能沒有想到是這種回答，雪野家主一時也語塞了。

一滴血色淚水劃過千冬歲的面頰，他抬起頭看著依然玄黑的天空，失去墮神族首領的引動，那些沉重到好似會壓下的雲層回到了空中，慢慢旋繞著出現了渦形，裡頭不斷閃爍著雷光，發出隱隱的低沉龍鳴。

我這時才意識到自己錯了，千冬歲其實沒有恢復該有的理智，他的心靈和身體一樣，不斷崩潰，現在的他基本已徹底被禍印的詛咒和仇恨控制，黑色的野獸圖紋爬遍了他露出的皮膚，散發出詭異的陰森氣息，金火逐漸變得幽暗，帶動下方的沼澤，轉出一圈又一圈的毒氣。

墮神！

這念頭瞬間出現在我心裡，我立刻想重啓力量阻止，就看見好幾個袍級出現在我們前方，擋下周圍沸騰般不斷翻滾濺出的沼澤水。

「制住紅袍，他正在墮神。」領首的黑袍直接對周邊其他人下令，眨眼幾名袍級已將千冬歲圍繞一圈，打開抑制陣法。

「等等，千冬歲他——」我想叫其他人別傷害到千冬歲，但幾名藍袍把我們向後拽開，眼看著千冬歲就快被攻擊，可是傷勢讓我們一點也無法反抗。

因爲幾人傷勢很重沒辦法立刻離開流越替我們設置的保護陣法，醫療班們快速地在我們周圍設下小型生命維持術法，先搶救最嚴重的萊恩，同時流越收掉原本的大結界外殼，底下陣地結界色澤一轉，化爲淡色的銀綠圖騰。

「千冬歲會怎樣！」我連忙轉頭看向學長，緊張到連聲音都不自覺放大很多，旁邊幾名醫療班看著我，露出悲憫的神情。

「制止不住的話，按袍級當初立誓的做法……」萊恩吃力地把視線移向學長，沒有繼續說下去。

我一陣悚然，袍級如果無法得救，他們會做什麼事情？

這在很久之前我就已經知道了。

「我去陪他。」萊恩揮開身邊的醫療班，用盡力氣站起，踉踉蹌蹌地往前行，想回到那個充滿毒氣的戰場，無視自己每一次開口、每一次動作都會有血流出。

幾名醫療班猛地擋到他面前，神色嚴肅地打出結界，硬是擋住萊恩的去路。

「你們別動。」學長站起身，握住自己的幻武兵器，往某個方向看了一眼，我下意識也跟著望去。

說來可笑，空間術法被毀時，雪野家的主中心被毀掉大半，重要神社、祭祀點被毀了，高層住所被毀了，家主和千冬歲那據說地點很好、充滿靈氣的房子也全都被橫掃，只剩下淒慘的殘骸，然而位處偏僻，不具備什麼養神精氣、大夫人和夏碎原本的庭院卻存留下來，並沒有受到影響。想來大概是因為力量爆破時，引起的連鎖反應首當其衝便是擊向同樣有各種力量與保護的地方，像那種早被人遺忘的地點反而沒有遭到波及。

學長收回目光，看了我們幾個一眼，「我對夏碎有承諾，我去。」說完，他瞬間閃過醫療班的阻擋，人影直接消失在我們周邊，再出現時已是袍級包圍圈附近。

五、六名黑紫袍看見學長，倒也沒有為難他，反而是讓他加入戰圈。

隨著千冬歲身上的黑紋越來越多，天空的漩渦圈也越來越強大，某種東西似乎從中心逐漸降臨，帶著讓人熟悉的惡意。

「這是……」我忽地轉向萊恩，後者對我點點頭。

巨大紅色的眼睛在漩渦裡張開。

就像壁畫上的一樣，是個既邪惡又使人充滿絕望的存在，光是這樣從雲層裡向下俯瞰，就可以感受到無窮無盡的噬血慾念。

「噬神濁。」

第九話　因為是兄弟

外圍的公會再度加上了數層空間術法，把神鎮山原址至整座城池區域切割包裹起來，不讓空中的紅眼睛向外拓開。

學長走上前，看著正在無聲呼喚黑暗的千冬歲。

「你選錯了。」抬起手，學長身上發出淡淡的微光，一層層精靈術法在兩人身邊展開，意圖將千冬歲身上的黑暗壓下，聲音也像精靈般變得透徹、直入靈魂。「還來得及，把你最後的力量用來擊敗邪神碎片，你能做得到。」

「我……沒有選錯。」千冬歲不斷流著血淚，露出破碎微笑。「就是因爲我啊……所有都是我……」

「夏碎還在，你就算毀掉這些也沒有意義，反而會傷到夏碎。」學長擦去嘴角的白色血液，漸漸變淡的紅色眼睛筆直盯著千冬歲。「夏碎不想要你這麼做，也不希望你受到傷害，你應該理解他的想法。」

「不……我是對的……這些必須全部毀掉……包括我……如果哥還在……他就不用再擔

心……被傷害……他可以過得很好……」按著一邊額頭，千冬歲甩甩腦袋，但也沒因此停下對紅色眼睛的召喚。「而且……我……沒有力量了……沒有選擇……」說著，他抬起自己的手，指尖頂端正在潰散，一點一滴化成淡光碎粉。

我看著這一幕，其實是很恐懼的。

曾經也有過一個人在我面前這麼消散，而我無能爲力，就在我好不容易跨出來了，卻又得眼睜睜看著另外一個人步入相同絕境。

這瞬間，我腦袋一片空白，幾乎無法思考，而且心臟痛得快要無法呼吸。

如果妖師的心語眞的有效，我願意用我的生命來祈求不再有第二個人在我眼前重蹈覆轍，至少現在不行。

「沒事的。」哈維恩環住僵硬的我，夜妖精似乎讀出了我埋在心底的噩夢，只能勉強自己替那些白色種族說好話：「那些公會的人都在，不會再有那種事情發生，相信他們。」

我半是恍惚地點頭，不自覺看向學長。

那邊的袍級們也正努力想要挽救一切。

「至少必須阻止他的行動。」學長身邊的黑袍說道：「濁物落下來非同小可。」

學長點點頭，然後環顧周邊的同伴們，深切地請求：「不要傷害他。」

幾名袍級同時散開，拉出箝制性的術法線條，意圖壓制喪失理智的少年。

幫不上任何忙，我只能拚命祈禱千冬歲千萬不要有任何抵抗，讓袍級們直接抓住他停下那種可怕的呼喚。

然而我的祈禱並沒有被聽見，千冬歲不只沒有束手就擒，還因爲身上邪神碎片的影響直接加速呼喚邪惡，沼澤不斷有龍首揚起想要回應，但又被流越的結界強硬壓回，才沒形成上下夾攻的局面。

只是墮龍神殘存的殘暴和詛咒還是撞擊得整個結界持續晃動，即使不停地壓制，還是不減憤怒地拚死反抗，由此可知對方死前有多怨恨和不甘心。

這時我突然注意到雪野家那群人有一部分靠近了毒沼澤的外圍不知道在幹什麼，直到他們擴出一小片術法圈而魔龍提醒我的時候，我整個火光大起。

「他們在收集墮龍神的力量碎片。」魔龍冷笑了聲，帶著滿滿的嘲諷：「有意思，這種貪婪眞是無止盡，不管在什麼時候看見，都讓人覺得可笑到有趣。」

完全不知道該如何評論這些人了，正當所有人和公會在幫他們收拾爛攤子的時候，他們竟然還想要收取墮龍神殘留的力量，而不是協助人員們幫忙他們所謂的「神子」。

這就是家族利益擺在第一的做法嗎？

轟然一個巨響，把我的視線拉回上方，原本正在抓捕千冬歲的公會陣法被震碎，空中的紅眼睛滴落黑色的物體，直接溶解防線。

濁神物怎麼把龍神直接污染成墮龍神，我和學長、萊恩都親眼見過，而似乎也深知危害的公會袍級們在處理上更加小心謹慎，雖然不像陰影會瞬間扭曲，但力量被污染也不是什麼好受的事，即使藍袍們努力撐出生命結界，還是無法抵擋被濁神物破壞的下場。

重新看到下方這邊，我正想要做點什麼阻止雪野家把那些有惡毒詛咒的東西撈出來時，幾道身影一閃，直接打斷他們想要搶拾力量的動作。

「我果然和雪野家的人合不來。」映河七葉後方站開一排整頓過後的族人，動作整齊劃一地揮出武器，攔截在毒沼澤之前，對著雪野家的人嗆聲：「我等七葉一族爲降神之所，不允許有人收取墮神力危害世界。」

「七葉的！憑什麼在我們雪野一族土地上大放厥詞！」正在指揮族人……應該是某個長老級或是旁系的首領，衝著映河怒吼：「這是我們雪野的神，力量自然必須由我們回收！」

「如果不是看你們剛被滅城一半可憐，信不信我們全族傾巢而出把你們剿滅？」映河七葉直接取出一張紅色符紙，絲毫沒有敬老尊賢的意思，冷冷盯著雪野家不善的人：「可別忘了我等七葉原本就是爲了消滅你們這些自以神爲名的傢伙們的存在，還不退開！」

忌憚著七葉家即將發出的信號，幾個想要撈取殘存力量的人有些遲疑地後退了，剛剛才經過大屠殺的雪野家確實無法抵抗幾乎沒什麼損傷的七葉本家，若是對方眞趁虛而入，他們今天可能就得成爲歷史文字了。

映河抵擋這些人的同時，染花七葉也帶著另一群人手補強周圍封鎖毒沼澤的結界，避免還有不懷好意的傢伙伸手觸碰這些詛咒。

七葉家阻擋雪野之際，采巨人們大步往前，撐住天空，讓紅色眼睛的污濁物體滴到他們身上，原本就已經扭曲的存在似乎並不害怕濁神物……應該說他們都完全扭曲了，一點也不在意那些污濁的物體滴到身上，任由充滿詛咒毒素的濁神物融進軀體裡。

而且如果我沒看錯，吸收這種物質後，采巨人竟然還變強了，不知道是他們先天抗術法的體質成爲鬼族後的異變，還是鬼族眞的就是可以吸收濁，反正巨人們的力量感是眞的有點增強，這對我們來說是個好消息。

有了采巨人的協助，袍級們快速重新架設攔阻術法，再次把千冬歲困進裡面，切斷他要離開的道路。

千冬歲瞇起眼睛，這時豎瞳開始被染紅，像鮮血一樣的瞳眸與面頰上的紅色淚痕，以及快速侵蝕他的邪神印記，使他的外表看起來相當可怕且絕望。

「你想去哪？」學長擱到千冬歲面前，不斷釋放的精靈力量幾乎讓他快要變得透白，就連原先火焰般的髮色都被銀白取代，顯然是在使用精靈天生的溝通能力與對方交談，試圖喚醒他的意識。「看看你的身後，你打算拋棄你的搭檔、朋友、兄長嗎？」

看著學長，千冬歲再次很痛苦地摀著腦袋，背後突然湧起一個隱約的女性形體，不懷好意地對上學長，發出了甜美的聲音：「為何你們都要逼迫他呢？這孩子如此痛苦，只要他存在，他的族人是不會放棄他這身力量的……看哪，看看那些人們的行動、打算，他們像是會善待這孩子嗎？」

即使墮龍神被摧毀，雪野家族的人還是想要打撈出殘存的力量。

我轉向早就已經被族人保護起來的雪野家主，他盯著千冬歲的眼神並非希望「千冬歲」這個人可以全身而退，而是希望身為「神子」的兒子能夠帶著那些力量而歸。

更進一步說，他的眼裡其實沒有「千冬歲」或「兒子」，唯有「龍子」。

「你們怎麼覺得他回去，還能夠像個人類般享受溫情？」女性笑著，環住千冬歲的頸項。「他什麼都沒了呀，失去家人，失去重要的兄長，一旦回去就會成為傀儡……為何要強迫他去做他不想做的事？放過他吧。」

「你還是滾出來吧。」學長甩出精靈術法，邪神碎片立刻縮回去，那道術法打到千冬歲身上，被外散的龍血力量抵銷。

「我……必須擴散戰爭……毀滅一切……」千冬歲緩緩抬起頭，鮮血般的赤色眼睛盯著學長。「我要……毀了……你……」

「四眼田雞，你現在這樣有夠無聊的。」

學長正要出手，另一道狂妄聲音闖進袍級們的包夾當中，來者有五個人，其中三名身著斗篷、看不清楚面目的人分散到三角點，彼此朝對方投出紅線。周圍袍級一看見三人的動作，立即重新整理並變換陣式，連接出類似的紅色線條術法。

「戰爭的話，本大爺很喜歡，但是你，省省吧。」

西瑞沒禮貌地擋到學長面前，咧開笑。

「血靈！」

本來待在我身邊輸送治療力量的哈維恩突然激動起來，整個人直勾勾地盯著上面穿著斗篷的三人，握住我的手腕興奮地說道：「是曾經隸屬於妖師一族的血戰士！」

怎麼聽起來有點可怕？

我努力看向上面那三個人，視線有點模糊看不太清楚，但確實從那裡傳來很濃郁的黑暗氣息，而且還帶著囂狂的血腥氣味，可是他們怎麼會和西瑞混在一起？四日大戰時，這些人並不在我們周遭，這陣子西瑞也很少纏在我身邊，發生什麼事了？

血靈們的紅色三角很快出現相應陣法，而且竟然開始吸收沼澤溢出的怨恨與詛咒氣息，並慢慢地導至他們三人身上，包括千冬歲開始散發出的毀滅戰意和血腥氣味，逐漸被那種陣術吸取了不少。

千冬歲再次甩甩頭，豎瞳裡的血色淡了一些。

「血靈是戰禍意志的剋星，他們以亡者的血與悔恨、憎恨，還有戰爭爲食，把戰場上的鬥爭殺意導向自己身上。」第五人——九瀾，扛著自己的笑骷髏鐮刀出現在學長身邊，然後對著附近已經開始行動的袍級們說：「濁神物讓采巨人擋好，你們不要造成醫療班的麻煩，當心我收利息！」

本來大概還踏在生死臨界點的袍級們馬上又重換位置距離，可能眞的很怕自己突然少了什麼，收縮陣法且立刻變得中規中矩，沒有再往前與渙散的龍神力量、濁神物及邪神碎片對衝，就連學長都乖乖地收起過度使用的精靈力量，按照指示退到九瀾後方。

原先還在壓制沼澤惡意的流越立即轉變幾處陣法，拉出另外一種我看不懂的術法，把正在嚎叫的沼澤龍體壓碎，分批導向血靈。

「欸弱雞把我丟出去！」一看見血靈開始吸收純粹的惡念殺意，魔龍也待不住了，耗盡力量的小飛碟從側邊自行滾出來，努力地轉動兩圈。

我咳了咳，抓住小飛碟扔出去，看我動作很吃力，哈維恩趕緊幫忙把剩下幾架小飛碟也都拋往空中，順著流越刻意分來的氣流，小飛碟搖搖晃晃地進入了血靈們的周圍，開始吸收起羽族傳遞過去的邪惡氣息。

血靈們也沒有爲難我的幻武兵器，任由他盤據在側分一杯羹。

「四眼田雞，一陣子不見，欺負起本大爺的僕人啊？」西瑞朝我這邊看了眼，掃過萊恩時微微皺起眉，重新盯向千冬歲：「打狗也要看主人，本大爺這就把你打成狗！」

「來啊！」千冬歲對西瑞就完全不客氣了，帶著凶狠的箭矢眨眼出現在後者眉心。眨眼也不眨，西瑞打飛差點貫穿他腦袋的箭支，瞬間轉化的獸爪擋住千冬歲對他的力量猛擊，本來就已經在外散的龍神力量凝爲尖錐，狠狠打上西瑞交叉擋住的手臂。

看著打得火熱的兩人，九瀾一把抓住學長的衣領，把他往我們這邊丟：「你，回去治療，用那麼多藥找死嗎，快點把力量全都收回去！」

兩名藍袍接住學長，強制壓回他的精靈血脈，紅焰如火的髮色再度回到應有的位置上，學長的氣息也瞬間衰弱不少。

「褚，夏碎的東西給我。」學長突然轉向我，伸出手。

我愣了下，立刻知道他在說什麼，連忙翻出從小神市得到的木牌交給他。說眞的，這木牌到現在都還不知道用處，只曉得是該給夏碎學長的東西。

短暫交談的同時，上面又傳來一陣巨響，千冬歲和西瑞力量對衝，彼此震退了一段距離，血靈們視狀況調整陣術位置與大小，一直牢牢地把千冬歲鎖定在中心，精準到沒有絲毫偏差。

西瑞的胸口被劃開一道血痕，鮮血四散飛濺，而千冬歲原本就已慢慢分解的身體因爲力量急速消耗，細碎的裂痕更加速分散他的皮肉，一點一滴地瓦解他的存在。

不知道是不是血靈們的術法起了作用，原本千冬歲身上的濃重恨意和怨氣正在減緩，眼神也變得比較沒有那麼噬血恐怖，但可能因爲對手是西瑞，還是沒有手下留情，畢竟兩人從以前開始就相看兩生厭，根本打得無敵凶，很快便各種見血，不過千冬歲仍保有少許龍神力量，所以西瑞身上的傷痕遠遠多出對手大半。

「混帳！大爺今天不把你打成醬就把名字倒——」渾身濺血的西瑞火氣整個打上頭，雙眼逐漸赤紅。

「西瑞小弟，別忘了要幹嘛啊，不要打到失去理智。」九瀾打斷西瑞差點把自己名字倒過來的話，抬手接住外圍黑袍扔過來的紅線術法，瞬間衝到千冬歲面前往他身上打去。

並沒有因爲換了對手而措手不及，千冬歲眨眼擋住攻勢，借力向後一翻，警戒地瞪視著顯然更強的雙袍級。

九瀾一撥長髮，露出邪肆的笑：「你聽得到吧，龍血力量用盡，你已經快死了，真的願意就這樣結束嗎？我是無所謂啦，有屍體就好，而且你的身體看起來眞的很不錯，一想到可以分解半神就讓人欣喜若狂啊。」

……你是來幫忙還是想他死的？

我看著不知道該算敵人還是友方的某人，覺得他現在往千冬歲身上來一鐮刀扛走屍體都有可能。

幸好他後來沒幹出這種事情。

「不結束又如何。」邪神碎片像蛇一樣纏住千冬歲，露出獠牙：「再過一會兒，這就是我的了……雪野家的少主，如此美好的滋味。」

「喂，四眼田雞，你就甘願把自己送給那東西嗎？這玩意抽出來塡牙縫都不夠。」西瑞看著隱隱約約糾纏著千冬歲的影子，擦了一下嘴角邊的傷口：「打起來都不爽，你平常有弱成這樣嗎？給本大爺清醒點！下面的臭白袍都快被你搞死了！」

顯然對白袍還有點反應，千冬歲看了眼我們這方，視線停留在正在被搶救的萊恩身上，隱隱透出悲哀，然後再次抱住自己的頭，咳出血液。「不行……我沒有……沒選擇……你們走……離開……我沒有選擇……」

「不，你有的。」

輕柔的聲音與一道銀白色箭光破空飛來，在呆巨人們退開的同時，迎著漫天的邪惡氣息往紅色眼睛直衝而去，漩渦裡發出怒吼聲，那顆眼睛整團向後瑟縮，接著閉上、藏入雲層裡，漩渦被打散，烏雲的波動逐漸平息，竟然緩緩地開始褪去污濁色彩，重新淡成該有的白雲。

這一手力量太強了，完全不是在場所有人弄得出來。

包含九瀾、西瑞、血靈，和數名前線袍級，全都被往後震開，但沒有傷及他們，流越的大結界晃動了下，反轉爲生氣蓬勃的淡銀色，待在上面的我們竟然都感覺到傷勢好了不少，低頭一看，大結界的圖案上出現了特殊的龍形圖騰，正在慢慢釋放治癒術力。

已經換上一襲深色衣袍的人影從高空落下，輕飄飄地彷彿沒重力般停在千冬歲面前，帶著與金火相對的一圈白色火焰，慢慢撫去金色火焰上的污濁暗沉，溫柔地抓住了千冬歲按著頭部兩側的雙手手腕，以免他過於用力撕裂自己。

千冬歲整個呆住了。

我看著出現在那邊、幾乎與千冬歲一個模子印出來的人，腦中第一個想法只有：現在是誰都關不住他就對了！找了多少人監視都沒用，他想跑就跑，要去哪裡就去哪裡！

說好剛清醒不能動彈的衰弱呢！

剛從死亡返回的夏碎學長一頭黑色長髮隨著風和火焰四散飛舞，略蒼白的臉上帶著慣有的淡淡微笑，額上的朱紅色印子還在，讓他看上去超脫世俗，真有點那種什麼神的感覺。

「第二名神子……？」

雪野家的人、包括家主在內，整個瞪直了眼，可能沒想到早年被他們鄙棄的長子也獲得和他們擁戴的次子相近的力量。

由於他們剛經歷了第一名神子出現，然後瞬間直逼墮神的恐怖打擊，現在又出現第二名神子，讓他們全體呈現一種不知道該如何反應的空白模式，只能呆愣地看著高空中那兩人接下來的舉動。

我敢打賭，如果現在夏碎學長也二話不說直接墮神下去，整個雪野家大概會原地起痟。莫名還眞想看看那場面，肯定很精采。

「哥……？」千冬歲動了動嘴唇，好不容易才吐出字句，但也顫抖成破碎的單音。

「嗯，我回來了。」夏碎學長微笑著，摸了摸千冬歲正在破散的臉頰，以溫柔的嗓音道：「你的選擇是錯的，如果你將你自己毀掉，我會很傷心。」

千冬歲彷彿大夢初醒般，渾渾噩噩的眼神終於逐漸清明起來，淚水隨即大顆大顆地掉下，接著他似乎想起了什麼，恐懼地往後一退。「不……不對……替身術……」

「沒事，紅龍王已經取走了，以後不會再有替身術。」夏碎學長張開手，抱住千冬歲，按著他的後腦勺倚在自己肩上，安撫孩子一般柔聲地說：「別哭，是我不好。」

「不對……都是我。」千冬歲好像這時才意識到自己的哥哥眞的還在，雙手用力回抱對方，緊得不敢鬆手，嚎啕大哭了起來。「都是我、全都是我，如果我不要出生就好了！哥你就不會被奪取天命，你也不會這麼痛苦！你可以好好地做你想做的事情……全都是我！」

其實不管是夏碎學長或千冬歲，從頭到尾都不是他們的錯。

我看著抱在一起的兩兄弟，再次惡狠狠地瞪向雪野家主。等事情過後，不整死他我就把名字倒過來唸！媽的！

夏碎學長輕輕拍著千冬歲的背，笑著，眼淚從他眼角落下，滴入千冬歲的血衣裡，擴出一圈血暈。「我一直希望不要讓你感到爲難，想著避開你、避開我們的兄弟之名，但我卻又捨不得，沒想到這樣的自私舉動讓你痛苦得想死……你可以原諒我嗎？」

千冬歲並沒有回話，只是抱著好不容易才重新得到的兄長，用盡全力地哭號著，似乎想把過去時間中的所有委屈全都傾瀉出來。

這一幕讓我們幾個原本想要衝上前去保護千冬歲的人放鬆了緊繃的身體，一路過來的所有疲憊彷彿在這時候全部湧上，我直接往後倒在哈維恩身上，看著上方的兩人，不知道爲什麼有點想哭。

欸不對！等等！

我猛地彈起來，全身一陣劇痛差點又讓我倒回去。

因爲場上畫面太溫馨，差點就忘記千冬歲身上的邪神碎片，還有他的身體因力量潰堤正在破碎消散。

幸好夏碎學長沒忘記這件事，他扳起千冬歲的臉，動作溫柔地擦了擦對方臉上狼狽的淚水和血痕，將自己的額頭抵在弟弟額上，朱紅色的印記與黑色印記觸碰的同時，兩人身邊綻開了層層帶有龍形的圖騰與陣法。

「哥……」千冬歲似乎意識到什麼，不安地掙動身體。

「噓……別怕。」夏碎學長按著千冬歲的後腦，使兩人印記貼合。「我的選擇是，我希望我們都能好好的……未來可以一起度過萬物復甦的春，廊下享用故事與涼點的夏，紅艷如火慶盛豐收的秋，以及爐火前能相偕溫酒的冬，一載、然後再一載……那是我們真正的道路。一直以來是我錯了，不需要誰死，那只會造成活下來的人永恆痛苦，因爲我們是兄弟，永遠無法眼睜睜地看著另一個人墜入黑暗而不管。」

白色的火焰慢慢融入金焰裡，像是把力量奉獻給對方，扶起衰弱的金火，使之再次強大起來。

「哥……我不要……」緊緊抓住夏碎學長的衣襟，千冬歲哭得泣不成聲：「求求你……」

「是誰想堂堂正正把我接回本家？」夏碎學長柔和地說：「我等著，今後也會好好地等著，所以，你不能放棄自己。」

「那是你應得的力量……是你的……求求你哥……求求你……」千冬歲幾乎是哀求，哭得連聲音都嘶啞脆弱，他臉上與身上的破碎痕跡一點一滴地開始修復，黑色的野獸圖紋逐漸被逼退，開始往下收縮。

「我們都應承了母親們的希冀，我會守護你，讓你扭轉雪野家的腐敗，而今後你也會保護我，我們都完成了自己的誓言，不是嗎。」夏碎學長笑了出來，眼睛裡的紫金色澤逐漸消退。而千冬歲的豎瞳也緩緩消失，再度恢復他原本該有的瞳色。「最後一個考驗，哥哥幫你，我從來沒有這些東西，往後也不需要，這不就是你最敬佩我的地方嗎。」

最後一絲白火被金火完全吞噬後，殘破的小灰影尖叫著從千冬歲體內炸飛出去，還來不及逃走就被金焰捲住，狠狠地燒灼殆盡。

夏碎學長額上的紅色印記退去，蒼白如紙的額上再也沒有神力的痕跡，而千冬歲的額印則是轉爲朱紅，金色的火焰熊熊燃燒起來，把整片天空映得璀璨明亮。

看著已經完好的千冬歲，夏碎學長滿意地帶著笑容，無牽掛似地閉上眼睛，再也支撐不住自己衰弱的身體，鬆開了手，直接失重往後倒下墜落。

「哥！」

※

其實最開始我並沒有想到一個好好的雪野家祭典，最後會變成一場大規模血戰。

就跟我沒有想到去看個飛狼故鄉會開啓超大型副本一樣，最近不知道是怎麼回事，全員集體犯太歲嗎？

這場血戰死傷人數相當多，大部分都是雪野一族的族人與大小神靈，被碾死的神靈物靈無數，幾乎重傷了他們根本；而我方這邊除了差不多剩口氣以外，死亡人數基本上是零，眞是讓人很意外。

幸好沒有人在醫療班到來前原地過世。

總之我清醒時已經是三天之後的事情，我連我什麼時候暈倒的都不記得，最後的記憶只在夏碎學長把自己的龍神力量灌到千冬歲身上，後面的就沒印象了。

我醒來時是躺在一間和室，周邊放了草木系熏香，聞起來很舒服，讓人有點慵懶地想再閉上眼睛睡回去，全身骨頭軟爛得不想動。

下秒和室門被人推開，打斷了我要睡回籠覺的想法。

「你醒了嗎？」

我努力側過身，走進來的果然是哈維恩，夜妖精的手上還有包紮痕跡，看來傷勢重到還在分次治療。

「你怎麼不休息啊。」我摀著還有點暈的腦袋，瞇起眼睛瞪著不懂先好好照顧自己的夜妖精，後者坐到旁邊，撥動吊掛在角落的精緻熏香爐，那種淡淡的香氣稍濃了些，不過很快又被門外吹進來的微風吹淡，維持著適宜剛好的濃度。

「小傷，已經快痊癒了。」哈維恩抬抬手表示自己沒事，接著指向我：「該好好休息的是你，反噬造成的傷害比較大，這幾天不要妄動術力，以免影響到傷情，留下無法逆轉的後遺症。」

我低頭一看，才發現全身被包得像個分段的木乃伊，不過比起昏迷前被炸爛皮肉的模樣已好很多，至少現在每塊肉都好好地黏在身上。

一想起那時候的反噬劇痛我仍心有餘悸，還是不要仔細回憶好了。

「其他人……？」我掙動了下，明白我不會乖乖躺好的哈維恩嘆了口氣，找出幾顆枕頭疊起來扶著我半坐好，又餵了我喝幾口藥水後才幽幽開口。

「雪野家的少主沒事，目前與夏碎在祭龍潭，祭龍潭全面封鎖，雪野家族沒人能夠踏足進入，家主也不行。」比我早醒兩日的夜妖精描述了那天之後的事情。

夏碎學長把龍神力量全都灌給千冬歲後就因為身體太衰弱再次陷入昏迷，而千冬歲一抱緊他哥，直接拋棄戰場衝向祭龍潭，並封鎖整座祭龍潭，至今還沒有人知道裡面的狀況。

狼神那邊則是傳來消息，祂們逮住邪神後將之打碎，然而邪神過於狡詐，就算本體和精神體被打成稀巴爛，又被一狼一龍瘋狂放火燃燒，但散布在世界各處角落的碎片則是伺機躲起，等待再次捕捉到更強更大的獵物，重新滋長出新的邪惡。

某方面而言，它就像蟑螂，弄死一個巨大的我，還會出現千千萬萬個小小的我。

「采巨人當日就離開了，爲了避免遭到白色種族追殺。」哈維恩說道：「垃圾白色種族，支援來得慢，想找事逼殺就很快。」

接著他說學長因爲超用力量太過火，劇烈失衡不說，全身血脈力量逆流亂衝，現在還在昏迷中，不過有燄之谷與冰牙族的人到來替他治療，所以並無生命危險，只是得沉睡一陣子，好好調養身體。

整場傷勢最嚴重的萊恩已被送回醫療班總部，其實那時如果不是醫療班來得及時，他很可能當場就斃命了，如果要把那場戰事以公會任務分級，根本是一線黑袍任務，他一個白袍支撐那麼久非常不容易，還接二連三被神級力量衝撞，能保有一口氣簡直是運氣太好，當時來援的藍袍們其實很膽戰心驚，就怕生命結界也留不住人。

同樣傷勢不輕的米可蕥一起被移回醫療班總部，沒有生命危險，正準備重新投入醫療班支援工作。

七葉家的人那天就撤退了，還不忘把經過想找碴的雪野族人打了一頓當利息。

映河留了話給哈維恩，讓他傳給我：「下次有機會來喝下午茶啊。」

謎之僞娘對我發出友善的邀請。

一直苦苦支撐大結界的流越等到公會的結界師到達，轉交陣法後直接昏迷，隨後被浮空島前來的幻獸們帶回。

幻獸們沒有表示什麼，不過某隻獨角獸可能事後會來找我們「談談」。

「你算是比較早醒的人。」哈維恩眼神複雜地看著我，「當時現場大半的人直到現在還未甦醒。」

「那你怎麼這麼快就醒？」我狐疑地看著當時其實傷勢也很重的夜妖精，他還一直努力把力量灌給我，爲什麼會復元得比我快？

「是血靈弟兄們的幫助，同爲黑暗妖精，他們將自己的生命力贈予我些許，幫助我癒合速度加快，才能先來照顧你。」哈維恩說著，轉頭看往和室外。

我跟著看過去，突然看見當時那三名穿著斗篷的人站在外頭，恭恭敬敬地朝我一個單手抱胸行禮，殺了個我反應不及，愣了好幾秒後才記得開口：「血靈？」

「是自戰爭中出生的血妖精，吸取戰爭的災厄和鮮血，擁有極強戰力的黑色種族，曾經是妖師一族手下的血戰士。」哈維恩說道：「妖師一族還未全滅時，血靈負責作戰，因爲數量很少，直屬妖師本家，我也是第一次親眼看見血靈，還以為他們滅絕了。」

所以說，這些瀕臨絕種的血靈為什麼會和西瑞他們混在一起？

雖然我當時意識已經很模糊，但絕對沒有搞錯，是西瑞把這些血靈帶過來的，而且他和九瀾明顯知道這些血靈的能耐，甚至配合極佳地牽制千冬歲，直到夏碎學長到來，這表示他們肯定認識一段時間，才有辦法做到這些。

然後那個傢伙又不知道跑哪裡去了，九瀾和六羅顯然也不在。

「我們為鬼楓崖的血靈，也是最後的血靈一族。」三人中間的血靈走上前，不過並沒有進入室內，只在拉門外揭開自己的斗篷帽。

那是張算年輕的臉，約莫二、三十歲，比哈維恩大一點，五官輪廓立體深邃，是西方人的模樣，半張臉都是血色刺青，加上深沉不見底的眼神，令他散發出凶悍異常的氣質，如果說哈維恩平常表現出來的是咬住獵物就不鬆口的猛犬，那這血靈就是把獵物徹底分屍的戰獅了。

凶到靠杯。

「他們吸收了不少墮龍神死前的詛咒和散布的災厄戰禍，所以並沒有纏繞至你們身上，算是不幸中的大幸。現在公會正在封鎖毒沼澤，如果雪野家那些貪圖力量的人未來不要找死想辦法打開，應該至少能維持數百年不會有問題。」哈維恩嗤了聲，明顯希望雪野家的智障們不怕死地去把封印解除，然後樂得看他們滅族。

血靈們的話不多，回答了一些基本問題後就安安靜靜站回原地了。

這時候我又有點開始暈眩，精神力超用太多還被反噬，即使醫療班很神，但我這次的精神創傷看來並不是短暫幾天會好，得要調養。

米納斯和魔龍安靜異常，可以感覺到小飛碟已經回到手環裡，也吃了些力量，但兩者都很衰弱，加上我精神不濟，他們無法自行出來。

「你再睡一會兒吧。」注意到我的睏意，哈維恩動作輕柔地把枕頭放平：「剩下的事情，等你醒了再說。」

其實我還有好多問題沒有問，很多後續還不知道，例如墮神族，例如雪谷地……

迷迷糊糊間，就聽到外面傳來吵雜聲，接著有個吵死人的傢伙闖進來，手上還扛著一堆可能是探病禮、也有可能是想殺我的凶器。

因為隨著臭傢伙大喊「漾~不要睡了快起來！」，我看見一顆鳳梨直接從他扛著的水果箱裡掉出來，下秒準確無誤地砸在我臉上。

於是我真的安詳地閉上眼了。

他媽的被砸到昏迷假死。

第十話　驕傲

我再次清醒是兩天後，臉上的鳳梨印子應該是被醫療班消除了，所以沒有臉痛後遺症。那個差點造成我假性死亡的凶手就窩在旁邊不知道在弄什麼，另一側的哈維恩立刻靠上來，非常貼心地先餵點水給我。

「漾～你醒啦？」西瑞猛地回過頭，咧開大大的笑容向我獻寶。「你看，探病用品。」然後就掏出一顆榴槤放在我面前。

難怪我覺得這次醒來時的味道和上次不一樣。

不是鳳梨就是榴槤，你是搞錯什麼才會把這些凶器當成探病禮物？

哈維恩看著殺手一族，露出來的神色大概就等於「總有刁民想殺我主人」的具體化。

「你怎麼在這裡？」我邊咳邊讓哈維恩扶著坐起，這次甦醒後腦袋好很多，至少不再暈痛暈痛的，只是有點飄飄，大概就是介於腦空和清醒之間的感覺。

「大爺聽說你有難，老三剛好又收到公會消息，就一起跟來啦。」西瑞直接徒手剝開榴槤，遞了一塊給夜妖精，後者一臉嫌棄搖頭後他就自己嚼了起來。

他和九瀾待在一起？

我想了想，覺得好像有哪裡奇怪，畢竟似乎很少看見西瑞會和他哥混在一塊，兩人碰在一起時都是互相嘴砲居多。

「你知道我不是問這個。」揉揉太陽穴，我歪著腦袋，看著正在把榴槤吃得津津有味的傢伙。話說那不是我的探病禮物嗎喂！

西瑞把嘴裡的水果嚥下去，支支吾吾半天才說：「本來想抓你去鬼楓崖，結果聽到你跑來四眼仔他家，大爺就來看他們被滅門。欸，這不公平，大爺的僕人應該先去我家吧？我收藏了很多好玩的東西可以借你玩啊，四眼仔他家有啥好，一堆亂七八糟的玩意！」

雖然說是看人滅門，不過緊要關頭還不是趕上幫忙千冬歲嗎。

我覺得有點好笑，然而不能當面說出來，不然這傢伙可能馬上翻臉。「那些血靈和你們家……呃，商業往來？」

「喔，老三常向他們批發屍體。」西瑞說出一個好可怕的答案。

「……」

接著一臉自然的某殺手說出更可怕的答案：「後來他們發現你是妖師，可是覺得他們家道中落會被嫌棄，不好意思上門認親，怕被以爲是來騙指腹爲婚的，只好來找我們，想說看看你們還記不記得那年戰場上血池邊的妖精們。」

「並不是這樣！」拉門砰的一聲被推開，站在外面的血靈終於忍不住他們被強加的八點檔設定，突破沉默的自我，努力出聲抵抗。

「所以經過是怎樣？」我接過哈維恩手上的茶杯，慢慢喝著裡面的溫水。

血靈突然詭異地沉默了，看樣子好像在思考應該怎麼反駁剛剛那個奇怪的設定。

……喔靠，不會還眞的是西瑞講的那樣吧？

不過不是本來有三隻嗎？怎麼現在剩一個了？

留下來這個好像就是前兩天發話的那位，現在把斗篷帽拉得低低的，看不太清楚面孔，只能從聲音判斷。

「我等因爲戰力衰微，實在無顏出現於妖師一族面前，怕扯後腿，若不是當天狀況緊急，原本不敢出面。」血靈想了好半天，很彆扭地低聲說道：「與仍保有部落的夜妖精弟兄們不同，血妖精已經很少……力量太弱，難以見人。」

你們在戰場上吸取災厄戰禍那手叫作難以見人？

被打得七零八落、危難關頭幫不上忙的我突然感到人生無光。

哈維恩突然扯了我一下，對著我搖搖頭。

我突然意識到血靈可能原本的戰力很高，高到讓他們以現在的自己為恥，所以才會藏藏躲躲不敢來找現任的妖師首領，於是原本想要稱讚他們很厲害的話就這樣硬生生地吞回去，改口：「即使如此你們還是來了，在我很需要你們的時候前來履行承諾，如果不介意，我能把血靈的消息傳遞給族長嗎？」

雖然我覺得白陵然應該已經從各種管道知道血靈現身的事情了。

立在拉門外的血靈果然渾身有種開小花的欣喜氣息，連忙說道：「如、如果不、不嫌棄我們力量低微……」聲音都有點結巴了。

果然，他們和夜妖精抱持很類似的想法。

於是我簡單地寫了點訊息，讓哈維恩幫我傳遞給白陵然，接著才再次問了其他人狀況，學長還是一樣昏迷不醒，但身體已經穩定下來，萊恩則是暫時脫離危險，和米可蕥一起在醫療班接受後續的調養照顧。

墮神族自從那天和千冬歲一戰後，整個銷聲匿跡，公會至今沒查到下落，他們把自己的尾巴收拾得很乾淨，完全抓不到。

「雪野家這次摔得真慘啊。」把榴槤吃完後，西瑞將刺刺的殼往外一丟，跟著看過去我才發現院子變了，這裡已經不是雪野家，而是千冬歲之前邀請我們居住的私有房舍，不知道是誰把我們移過來的。「他們短時間內是回不去先前的地位了，應該說活該嗎，四眼仔的家也不是什麼好東西，比起我們家族還眞不遑多讓。」

我怎麼覺得你們家族可能還比較「父慈子孝」一點？反正不爽就是互砍，沒有這麼多奇奇怪怪的背後捅刀，扣除六羅的意外死亡……嗯，似乎好像也沒有好到哪裡去。

「雪野家主呢？」我轉看哈維恩。

「墮龍神消滅後，他的力量極速衰退，現在應該連你都可以輕易打敗他。然而神諭之所不斷對外宣稱他們的龍子度過考驗，神祭完成，閉關後即將帶領雪野家涅槃重生，這讓一些原先想要徹底擊垮家主的旁系暫時不敢輕舉妄動……畢竟雪野少主那天的狀況有許多人見證，而且還不斷傳出他們有雙神子的傳聞，各方勢力全都在觀望。」哈維恩一說到這就咬牙切齒：「有些原本就和雪野家交好的勢力則是出面協助，現在正在打掃戰場，雪野少主的心腹傳訊給我們，緊急將你們全都移到這裡，避免被做文章。」

雙神子的傳聞是誰放出去的，不用想也知道，就算我們不轉移位置，該做的文章八成已經都被拿出來做了。

我思考了一會兒，嘆氣：「直說吧。」

夜妖精捏了捏拳頭，與血靈交換一眼，皆目露凶光，大概很有共識想要去殺雪野家殘存的那些神經病一波。「一開始的傳聞是妖師一族陷害龍神導致龍神殞墜，不過當時雪谷地的長老立刻降請神諭，藉由請下的神靈之口表明龍神境中出現逆反之輩，墮龍神是己身貪婪所造成，接著風向就變成妖師一族與神諭之所有產業上合作，這次特地帶了幫手偕同完善神祭並度過難關，改口將妖師一族作爲靠山，讓一些黑色種族不敢輕舉妄動。」

這事情也很像千冬歲他那混帳老子幹得出來的，我不太意外。

「族長怎麼說？」我相信哈維恩這幾天應該都很忠實地把狀況呈報回去，加上上班族大哥也在這邊，應該不會放任雪野家那群智障開心地利用我們的名號。

「族長說，讓他高調沒關係，之後他就會從那個高度墜入雙倍的深淵。」哈維恩想想，繼續說：「以及告訴你，不用浪費力量詛咒雪野家，他已經做好了。」

然居然連我事後想要收拾千冬歲他老杯都知道，我有點感嘆，不過我還是會深沉地祝福他老杯未來日日吃飯米粒不熟、吃菜吃到石頭、吃魚有刺吃肉有碎骨，上廁所被夾到雞雞，走路被花盆砸到，天天便祕半個月才可以上一次。

既然妖師這邊白陵然有處置方案，我就不好強出頭。

現在比較重要的還是千冬歲和夏碎學長。

他們還是封閉在祭龍潭裡。

雖然這樣想有點不合時宜，不過我突然想起個日本神話，也是有個神把自己關到山洞裡面，後來一堆人在外面開宴會唱歌跳舞才把人哄出來。

我看看西瑞，然後看看哈維恩和血靈。

……

還是不要這樣幹好了。

※

後續又從哈維恩那邊聽了一些八卦。

大致就是雪野家主雖然力量盡失，不過人家有兩個龍子當保命符……其實只剩一個，但外人不知道，所以他現在還活得好好的，繼續在家主位子上指揮雪野家，莫名也算是有凝聚力，果然當家主的人都有一定程度的統御能力，正在把雪野家的族人聚攏，整頓被破壞的城池。

城外不明所以的民眾以爲是天外飛來橫禍，一條瘋掉的龍和復活的墮神族破壞一切，所以對於雪野家的狀況很同情，紛紛自發地去幫忙搬移和建設，毒沼澤那邊被封印後，已經拉出一條隔離線，有趣的是還急速蓋了間神社在那邊表示鎮壓。

喔對了，小白後來也一起被帶到千冬歲這個院子，不過因爲力量同樣用盡，正在某個地方休養生息，短時間內大概很難如先前般腦殘亂跑了。

我套上鞋子，哈維恩從後直接把大衣披到我身上。

「確定現在過去嗎？」夜妖精有點緊張地問。

「走動又沒問題，反正眞的不行就靠你們揹了。」我看了看哈維恩和血靈，應該不至於我啪嘰倒地然後他們兩個完全任由我死在地上吧。

「安啦，老三說等等在那邊會合，六羅也會到。」西瑞倒沒有另外兩人緊張的神色，還順便遞給我一塊仙貝。

你是當郊遊嗎我說？

吃完水果吃餅乾？

院外，上班族大哥走過來：「你現在要去祭龍潭嗎？」說著，他使了眼色，後頭立即出現四名黑西裝菁英。

「哎等等，不用那麼多人，沒危險，有西瑞、哈維恩和這位……」我看向血靈，突然發現這人根本沒有自我介紹名字啊！

血靈快速報出一長串我根本聽不懂的字眼。

「西穆德。」哈維恩直接把人家的名字濃縮成三個字。

血靈看了哈維恩一眼，沒有反駁這個濃縮名字，不過看向我的眼神突然多了一抹期盼。

……靠夭，這該不會是什麼親朋好友才可以用的小名吧？

「還有這位西穆德，總之人手足夠，九瀾與六羅兩位先生也會在那邊集合，不用擔心。」我果然看到血靈呈現一臉滿足的樣子，有點無言。「你們先在這裡待命，避免雪野家主又搞出什麼事情，如果有人想去祭龍潭找碴，就……」

「劫殺他們。」上班族大哥認眞地接話。

「……阻止就好了謝謝。」感覺大哥好像也因爲千冬歲這些事情很生氣，雖然沒有表現在臉上，不過他給人的感覺就是眞的會去劫殺對方。

想想也是，我們妖師一族爲了生存費盡心血，連自己的歷史都不敢隨便翻動，好好一個雪野家有神庇護、發展龐大，還可以搞到自相殘殺，眞不知道腦殼裡面到底都裝什麼。

與大哥打過招呼後，我們直接前往祭龍潭。

我躺床這幾天，千冬歲這邊的心腹也沒少做事，直接借我們直通祭龍潭外圍的傳送陣，還非常懇切地準備了一些衣物與用品，請託我們如果有見到他們少主，務必要交給他。

到達祭龍潭外，果不其然看見了一堆雪野家的人在那邊虎視眈眈。

應該說這些人都被擋在深淵之外，傳送陣把我們帶至離入口約一百公尺左右的地方，一眼望去就看見深淵入口的外面圍了一圈人，肉眼可見的金色大陣把這海票傢伙全都堵在外頭，使他們無法越雷池一步。

剛到時我正好看見有幾個雪野家的術士聯合起來想闖陣，結果陣法被打潰不說，幾個人直接被天空劈下來的落雷打得灰頭土臉，只好喪氣地退回人群裡。

那堆人群裡多得是頂著免費電髮的人，看來這幾天他們闖了無數次，全都無功而返。

「一直都是這種狀態，沒人進得去。」先來探查過的哈維恩輕聲告訴我：「而且使用的術法越強，被反擊的程度也會越強，先前有名長老差點活生生被反彈弄死。」

我點點頭，察覺後方有兩道氣息接近，回過頭正好看見九瀾和六羅一前一後到來，六羅的斗篷帽拉低，標準魔使者的裝束。

「硬闖不是不行，陣法還是有些漏洞。」六羅在我們周邊立起結界，隔離開雪野家那些人的刺探目光。「不過很可能會激怒雪野少主，最後見到他時，他的情緒狀況很不穩。」

我看著籠罩整個深淵入口的陣法，奇異地感覺不到什麼惡意，這讓我有了些想法。「可以讓外面看不到我們在幹嘛嗎？」

六羅點點頭，結界張大，從裡面看向外面好像沒啥變化。「行了，現在外面看不見。」

再重新看向那些窺探我們的人，果然有部分露出了焦急的莫名神色，好像對失去我們的行蹤有些不安。

我走到深淵結界前，無任何防備地伸出手。

沒有像那些想闖入的人一樣被彈開，或是被雷劈。

應該說，這個擋住所有人的巨大術法根本沒對我起一點作用，我的手就這樣直接穿透了那層金色，只起了一絲讓人感覺溫暖的漣漪。

千冬歲根本沒有打算擋我。

意識到這個事實，我覺得眼眶有點發熱。

哈維恩等人看著我，旁邊的西瑞有點不爽地嘖了聲，還暗罵了句小氣鬼什麼的。

「我去見他們，可以別讓其他人發現我進去嗎？」懇求地看著六羅，後者點點頭，直接在我身上布了一層新術法。

接過要給千冬歲的那包東西，我孤身踏進深淵入口。

上次來的時候，其實我心中多多少少帶著一絲絕望，雖然隔了幾天，可是現在回想起來總

覺得好像是昨天的事情，我們走在這條通道，不敢說話，聽著千冬歲的泣訴，深怕夏碎學長在路上嚥下最後一口氣。

那時候的戰戰兢兢，現在想到連手都還會抖。

隨後做的那一連串事情都很沒有眞實感，我有些「該不會是作夢吧」之類的想法，很怕現實是根本誰也沒有救到，眼前以爲的成功只是場幻境，等到迷霧一散，出現在我們面前會是最絕望的場景。

抱持著這種略帶恐慌的心情，我加快腳步……雖然說加快，但也加不了多快，身體力量還沒完全恢復，想用符咒又怕引起什麼不良反應。

緊緊抱著手上的大布包，我咬牙通過一個個鳥居，順著路直到深處。

我看見了，那間神社依然在。

遭到破壞的地方並沒有被修復，山壁上的許多龍形雕刻仍然是毀損的。

但在那神社裡面，我看見熟悉的背影。

我眼睛一酸，眼淚就這樣掉下來了。

深淵通往祭龍潭的路上還有許多術法，一層又一層，排拒所有外來者，不願意讓他人有機會闖進一步。

唯獨我完全不受阻礙走到最後。

我想，今天換作是米可蕥或是萊恩、學長，肯定也能夠一路走至盡頭。

千冬歲依然穿著那套被血浸染的衣物，只是先前的赤紅已經變調，赤褐或是發黑，斑斑駁駁的，連那頭深黑長髮都糾結在一起，幾乎快讓人認不出這是我那個一直把自己整理得乾乾淨淨、整整齊齊的好友。

他就坐在神社中心，抱著膝蓋，專心凝視著眼前的人，連自己沾滿血塊的臉都沒捨得花時間整理。渾身上下可說乾淨的大概只有他的雙手，與全身髒污不同，千冬歲的手非常潔淨，但只要往前一看，就能知道爲什麼只有手被清理到潔白。

夏碎學長就躺在他前面，整個人被打理得異常乾淨，連點灰塵都沒有沾在他身上，衣服也換過一套，黑色長髮梳順到幾乎可以看見柔美的光澤，如果不是臉色太過蒼白，還會覺得他只是舒服地入睡，不帶任何憂慮。

我走到千冬歲旁邊，坐下來，把那包他手下準備好的物品放在他身邊，輕輕地說：「把自己整理好吧，夏碎學長第一眼看到你這樣，可能會被嚇一大跳。」

好像到這時候才對我的到來有點反應，千冬歲慢慢地偏過頭，深深地看了我一眼，眼神還是很痛苦，不過已經沒有先前的決絕與瘋狂。他伸出那雙為了拭淨哥哥而特別洗淨的手，緩緩打開我帶來的衣物和用品，裡面還有些食物及水。

「我幫你看著夏碎學長，沒事的。」聽著夏碎學長淺淡的呼息，我盡量露出笑容，然後抹抹眼睛：「一切都結束了，眞的。」

千冬歲沒說什麼，取了衣物默默地走去旁邊淺水處就地打理起自己。

聽著水聲，我努力盯著還眞的有可能又落跑的夏碎學長，嚴陣以待。很快地我就注意到夏碎學長的胸口擺著那塊小神市帶回來的木牌，當時學長向我要走了，可能在我昏迷後轉交給千冬歲，不知道是什麼用途。

「那是鞏固神魂的古神令。」千冬歲有點乾澀的嗓音從後面傳來，多日沒有開口與進食讓他的聲音變得粗啞又疲憊，不過已是我熟悉的說話方式。「哥的神魂不穩，又強把力量轉嫁給我，如果不是因爲你帶回來這件物品，他可能當場……」

後面的話他沒說下去，但是我猜得到。

夏碎學長原本離魂歸來就很虛弱，當時硬把龍神塞給他的力量灌給千冬歲，十之八九可能會當場就暴斃，看來是因爲這塊木牌把人留下來了。

我突然有點後怕，如果當時在小神市選擇錯誤，是不是夏碎學長就眞的這樣沒了？

如果那時候選擇的人不是我，那麼現在千冬歲和夏碎學長是不是都……

搖搖頭，我決定不要再去想那些，他們現在都活下來，就很好了。

千冬歲再次走回來時一身的水氣，他也沒顧得把頭髮弄乾，連忙又坐回原本的地方，不過衣服倒是穿得很整齊，大概是長年養成的本能動作。

我從包袱裡找塊乾淨的布出來，努力把千冬歲的長髮擦得半乾……不是我要說，長髮真的好麻煩啊，他也沒記得要用力量蒸乾頭髮。小心翼翼地擦拭半天後，我才想起來，靠夭我也可以用力量幫他弄乾啊！

平常短髮隨便擦擦就乾，都忘記先前學過這個技能！

懷抱著想打自己一巴掌的心，我沉默地擠出最低限度的力量，把水氣導回水潭裡，接著才翻出木梳，幫千冬歲把頭髮梳整齊。

這大概是這輩子我梳過最長又最多的髮量了，我姊頭髮都沒這麼長。

「我這幾天一直在想……」千冬歲大概是整理乾淨後人精神多了，終於幽幽地開口：「如果我哥眞的再也醒不過來，我該怎麼辦？」

「呃、好好活下去？」

「我要毀掉整個世界。」

我和千冬歲大概是同時說出話，然後我瞬間爆了一身冷汗。

「別，理智一點。」看著睡得很安詳的夏碎學長，我就想跪求他快點睜一下眼睛，不然他弟又要瘋一輪了。

千冬歲淡淡地笑了聲，把臉埋入手臂裡：「我該怎麼辦？我好想哥快點醒，但是我該怎麼面對他？又一次……又一次屬於他的力量被我……」

「夏碎學長不是說他等著你接他回家嗎。」我嘆了口氣，把手上布料摺好放到一邊，取出包袱裡的保溫瓶，倒出一杯溫暖的茶水，抓下千冬歲的右手硬塞進去，然後自己也弄了一杯，與他肩並肩坐著。他手下用的茶葉很好，即使這樣泡完過了一段時間，還是散出撫慰人心的溫暖香氣。「你怎麼就這麼小看夏碎學長，他沒有什麼狗屁龍神力量時還是很強，講眞的，夏碎學長可能都還不屑拿那些玩意。」

「『我從來沒有這些東西，往後也不需要』……嗎？」千冬歲喃喃重複那日夏碎學長說過的話，彎起唇角，眼淚滾了下來：「可是我好想你能牢牢抓住這些力量，自私一點也好，那麼我一定可以坦然地面對你，不用這麼害怕……眞的好想好想，讓你能擁有原本該有的一切。」

「那個……千冬歲。」我握著茶杯，想起了最不堪的時候的那個我。即使現在回憶，心臟還是很痛，所以千冬歲一定也是痛得胸口快要裂開，幾乎窒息般地難受。「當我知道我姊和我表哥把我徹底瞞在鼓裡時，我又氣又害怕，我氣他們把我排除在外、讓我耍白痴地度過十多年不知生死恐怖的時光，又害怕他們很可能在我不知不覺的時候死去，而我什麼都不曉得還在那邊耍蠢，我一度覺得我根本廢物，超級對不起他們，爲什麼他們得承擔那些非人的痛苦，不分一些給我。」

千冬歲帶著眼淚，看向我。

「爲什麼這些當哥哥姊姊的人都要這樣，什麼好的硬要塞給我們，要讓我們過得快樂啦，要讓我們至少不擔憂什麼事情啦，要我們不知道人心險惡啦……眞的氣死人欸！你不覺得很生氣嗎！生氣他們，又生氣自己，不知道該怎麼面對他們！」我乾脆有點抱怨起來，一股腦地把我之前的想法都告訴對方：「那他們自己呢！擔心受怕那麼久，爲什麼不讓自己稍微自私點，直接攤開來講啊！把他們的痛都告訴我們，讓我們幫忙承擔一些痛啊！」

「我……我也希望哥攤開來說……」千冬歲抹著眼淚，用力地一點頭：「我希望他抱怨我，希望他說我不好，我不值得他浪費自己的生命，還有他不想要我每天去把他的餐具茶具徹底消毒，他也應該要告訴我！」

「對啊！才不想他們這樣犧牲奉獻爲我們好！壓力有夠大！超級大！大到彗星爆炸！」

握著拳頭，我和千冬歲對視，同仇敵愾：「煮什麼甜湯！比起煮甜湯，乾脆直接告訴我他是我哥！周邊都是危險，我們要齊心共度啊！」

「對，我不想要替身術……不想要哥拒絕我……不想要因爲什麼家族爛事讓他獻出……我害怕……我那麼害怕……他應該要聽見啊……」千冬歲哭得咬牙切齒，水杯都快被他捏碎了：「我什麼都不要……我只要他好好的……好好的就行……」

看他哭，我也跟著氣到一起哭。

「就只是希望他們都好好的！」

「當兄長的這樣，我們要如何自處！」

「哥哥姊姊這樣，我們眞的有夠廢物！」

「與其把這麼廢物的我留著，還不如和世界一起爆炸！」

「欸不，這個先不要。」

我和千冬歲對視了幾秒，突然笑出來，兩人又哭又笑的，眼淚鼻水沾染得一塌糊塗。

千冬歲擦乾淚水，堅定地看著夏碎學長：「我哥眞的是最厲害的紫袍，也是我最驕傲的哥哥，這世界沒有人會讓我覺得這麼驕傲了，誰能夠短短時間內從無到有，打趴一堆同齡人。」

「我覺得我哥和我姊也是世界上最厲害的兄姊，我也感到有他們是件很驕傲的事情。」想著然和冥玥，我深深嘆息：「這輩子不知道能不能追上他們的腳步。」

「我也想追上我哥……」千冬歲哽咽地說：「我想要，他好好看著我……」

然後，他愣住了。

帶著淡淡笑意的紫色眼睛不知何時張開了，望著剛才大肆抱怨的我們，雖然精神與臉色都很差，但並不妨礙他把那些怨言聽得清清楚楚。

「哥……」千冬歲整個人都在顫抖。

夏碎學長蒼白的嘴唇微微一彎，吐出的聲音很微弱，卻讓我們聽得很清晰。

「我的弟弟……也是我的驕傲。」

千冬歲撲到夏碎學長的身上，終於不再害怕，竭盡全力地放聲痛哭。

一生一次，最痛苦絕望之後，替自己迎回來的萌芽希望。

《特殊傳說Ⅲ・03》完

番外　選擇

「那是我哥，你明白的，我早做好準備要把命還給他，我無法踩著他的生命過完下半輩子。」

對於兄長的印象，一開始並不像現在這麼強烈。

兄長七歲離家，但對他的親情並不算很深……或許自己幼時身體不好，才會少有往來吧，他一直是如此認爲。

千冬歲看著黑色的鳥居，毅然決然地踏入死之門戶，不再回頭。

在踏入學院前，他一直始終不解爲什麼大夫人與哥哥必須離開家裡，那與他面容相似的人，是否能夠接受佔走自己家族地位的他？

母親交付他務必要清除家族裡的污穢醜惡，他不斷地在執行，一點一滴、耐心地剝除遠超乎自己想像的蛀蟲們。

同時，還得處理情報班龐大的資料與工作。

在那裡，他逐步了解兄長的努力，與不亞於他……不、可能比他還要高強的實力。

一開始他覺得很恐怖，不知道兄長狀況的人，可能會覺得對方考上白袍後快速晉升紫袍，本就該具備這等強勁能耐。然而他清楚，兄長會離家的原因就是「沒有力量」，甚至還必須在藥師寺家逼迫自己早早開眼，勉強改變體質，差點因此喪命後才得到了起步點。

然而藥師寺夏碎卻沒有因此卻步，反而在掌握微小的力量後拚命使其遠超於同齡人，這過程得耗費多少心力與鮮血，千冬歲不用仔細計算也猜想得到。

於是比起親情，他最先感到的是敬佩，然後欽羨，不知道什麼時候起，一直利用職權查看對方在公會的所有任務與執行經過，越看越覺得這樣的人爲何非得離開雪野家不可？爲何就不能名正言順地在他身邊做兄弟？

到後來變成不忍與不捨，接著的替身事件幾乎引爆他最後的承受度，堅定了絕對要在把人迎回家之前，肅清整個雪野家的決心。

然後呢？

他害死他的親哥哥。

感覺腳下一片冰涼時，他詫異地看見周邊已經變爲白茫，雪花落在他的指尖上，低溫的觸感讓他下意識打了個小小的噴嚏，接著才注意到露出的手腳與身上穿著的衣物都與進鳥居時不同——縮水了。

現在的自己，突然變成四歲的模樣。

方才在思考的事物突然都想不起來，腦袋朦朧不清，迷迷糊糊地只記得從母親身邊偷溜出來玩，因爲雪季，母親一直不讓他出戶外，怕他又生病，於是趁著母親被父親召去時，他遣走侍女替他熬煮熱食，從窗戶溜了。

應該不用多久，侍女或母親就會找過來了吧。

把握著還沒被發現的機會，他踏著雪，邁著小小的步伐向前跑去。

不過沒跑多遠，他就撞上另個人，與他差不多高度，穿著有些單薄的衣物，原本正站在樹下，看著上方凍結的楓葉，沒想到被他撞得一個踉蹌，直接跪倒在地。

「對、對不起……」同樣摔倒在地，他連忙掙扎爬起，七手八腳地扶起對方，正好對上一張溫和的笑臉。

「雪很軟，不會痛呢。」拍拍身上的雪花，同樣幼小的孩子微笑著說道：「你怎麼跑出來了呢？」

可能是因爲對方笑得太過溫柔，他不自覺地有點眼眶微酸，也不曉得原因，只好難爲情地抹抹眼睛。「想玩……」

「好啊，那我們堆雪人吧？」孩子側著頭，友善地邀請他。

於是他們一起很開心地堆出雪人，爲了湮滅玩樂的證據，又好好地把雪人埋回雪地，直到聽見侍女在遠方的呼喚。

原本以爲是來喊他回去的，但那名面目陌生的侍女款款走來，手上捧著一方木盒，帶著花朵綻放般的笑站在他們面前，開口：「兩位小少爺能夠做決定了嗎？」

他愣住，有些呆滯地看著與自己並肩的孩子，剛才他們還玩得那麼開心，現在對方的笑卻顯得不再那麼好看。

接著，對方轉過來望著他，輕輕地說道：「你一定要好好地活下去呀，要證明我們的選擇是對的。」

他猛地心臟重重一跳，疼痛起來。

孩子接過侍女遞來的木盒，打開後裡面是一把精緻小巧的匕首，就連他們這樣大的孩子都可以穩穩握住。

匕首出鞘時，他抓住對方的手腕。

「不行……哥……不能這樣……」渾身劇烈地顫抖，說不清為何，毫無理由的恐懼像鐵鍊緊綑在他身上，痛得快讓人哭出來。「不是你選擇，是我選擇。」

「不對呢，千冬歲是神選繼承者，我必須幫助你。」孩子安撫似地，連語氣都顯得平緩：「總有一天，你能夠改變家族，成為最好的家主，不用擔心，我一定會讓你安然無恙。」

「大少爺請快點決定吧，獻祭於神是莫大的光榮，對您這樣沒有力量的存在而言，這是最能展現自己價值的時刻。」侍女依然笑著，甚至摸了摸孩子的髮頂，鼓勵地說道：「您原本就會死了，那麼提早一些死去也沒什麼影響，將您的生命奉獻給整個家族吧。」

「不准這樣說我哥！」他用力地怒吼，如果不是因為要抓住兄長的手，他眞的想要撕開侍女那張嘴巴。「為什麼你們都要說這種話！不是這樣的！」

「很可惜，這是事實啊。」並不在意他發怒，侍女說著其他僕役也會說的話語：「犧牲一人便能改變家族的將來，如此大義，會讓家族史上留著大少爺名字的，否則過一段時間他默默無聞死了，豈不可惜嗎？」

「如果犧牲一人便能改變未來，那麼我也可以選擇。」他轉向身邊的孩子，露出歡喜的笑容：「我可以幫哥選擇。」

他抓住對方持刀的手，在那孩子還沒反應過來之前奪下匕首，用力貫穿自己的要害，雖然很疼，但並沒有剛才那麼劇痛，甚至還有些淡淡的開心。

「我選擇哥……活下來。」

※

千冬歲咳出血。

回過意識時，他的身上多了許多傷口，似乎是被幻境某種術法反彈，他不記得幼小的自己選擇後發生了什麼，不過幻境裡的兄長，想必安全了吧。

然後他再次被替換意識。

清醒後，他下意識往外面跑，同樣的雪地，稍大一些的孩子站在樹下，仰頭望著上方凍結的楓葉。

說不出情緒，只知道自己衝了過去，用力地抱著那個穿著單薄的小男孩。

他莫名地害怕失去。

「怎麼了呢？」男孩溫柔笑著，摸摸他的頭，說道：「作噩夢了嗎？」

他搖搖頭，看著對方蹲下來，替他將衣襬拉好，並撣掉沾黏在上頭的雪花。

「哥……」

「嗯？」

猛然蹲下，再次抱著對方，發現身體是溫暖的，也不知道為何就感到一陣放心，他聽見自己說：「我們不要在這裡好不好？我很害怕。」待在這裡，似乎將發生可怕的事情，他只想要找個地方和兄長待在一起。

「可是這裡沒有你不行啊。」男孩還是那樣柔軟的笑意，「你將是少主，不用害怕，沒有什麼能傷害你的事情。」

「不是……不是這樣……」他急得快哭了，心裡無法理清的陰霾掐著心臟，越來越疼痛，好像有什麼想從那裡掙脫出來，且一直叫囂著某些他應該知道的錯誤。「沒有我也可以，這裡會有新的少主，總是會有人來取代，可是你只有一個。」

「不，須要有你，才能改變一切。」男孩微微笑著：「你是唯一可以讓家族……」

「我不要！」低吼了句，不知道為什麼一陣怒意湧起，他鬆開抱著人的手，調頭就往旁邊小徑跑去。

三言兩句就得扯上家族，他聽不下去。

然而也僅只能跑出一小段距離，很快地眼前被一襲紅衣擋住，穿著牡丹花艷麗服飾的婦人望著他微笑：「小少爺要去哪呢？」

「不要擋路。」看著婦人，他想把對方推開，不過身形差距太大，一點也移不動。

隨後，男孩追了上來，拍拍他的手臂。「千冬歲，回去吧。」

「不要，你也不要回去。」反抓住對方的手腕，他有種一定要離開這裡的感覺。

「家主還在等兩位呢，不知道兩位少爺是否做好選擇？」仿若沒看見孩子們的糾纏，赤牡丹露出華麗美艷的笑。

他對赤牡丹並不陌生，是長期在家族裡走動的精怪，與一眾植物妖被某任家主安置照養，所以對家族相當忠心，直到父親這代仍然不變。

「不做！」隱隱想起今日父親好像要他們兩個做某件事情，他連忙搖頭，拒絕回憶。

「大少爺決定了嗎？」赤牡丹看著後面的男孩。

「沒有，我哥也沒有。」護著男孩，他馬上轉頭抓著人，從赤牡丹身邊繞過去。

「小少爺，別爲難大家了，這是千年一遇的機會啊，整個家族就只盼望這麼一次。」赤牡丹的聲音從後頭傳來：「這是重整家族並向上推進的機會，你必須以大義爲重才行。」

大義！

又是大義！

單手按著腦袋，一縷帶著血色的畫面從他腦中閃過，他看見自己扶著誰，椎心刺骨地痛哭著。

不能再次重蹈覆轍。

「千冬歲？」

他回過頭，見男孩並沒有打算與他一起離開，略帶疑惑地看著他：「你必須保護更多人，你擁有那樣的力量，我很願意爲了守護你，獻出……」

「我不要！」用力抱緊對方的手臂，硬拖著將男孩拖出一小段距離。「說什麼爲了我……不是爲了我，是爲了家族！」

「爲了家族不對嗎？」赤牡丹打斷孩子們的話語，幽幽地說：「兩位少爺生於此，也是因爲家族才有這樣的能力，與外界尋常人類不同，所以爲了賜予你們力量與血脈的家族付出並回饋，且繼續替後代子孫鋪路，那麼維護家族大義，何錯之有呢？」

不對的，並不是那樣。

他知道家族很重要，身爲其中一員，必須維護家族的存續，但是絕對不該以這種方式。

但是該用什麼方式？

「我、我可以靠自己帶領家族……」緊抱男孩，他開始顫抖：「我會證明我的能力……」

「小少爺，你錯了，身在這個家族，他們看重的是你身上那條血脈，而不是你的能力。」赤牡丹的話語帶上些許憐憫：「只要你血脈復甦，這便是一切了，此後就算你再如何無能，其他人也會補足，你還不明白差異嗎？」

他當然明白。

如果不是因爲這條血脈……

如果不是因爲……

於是他終於知道違和感從哪而來。

掩去他記憶的迷障讓他想起了這是通往死亡的試煉。

他重新抬起頭，萬分痛苦地看著任由自己緊抱著手卻沒有喊痛的兄長。

這年紀的他們什麼都不懂，幼時的兄長微微彎著笑容，摸了摸他的頭。

如果不是因爲這條血脈，眼前的這個人會活得更好，因爲繼承了血脈，即使同族的人如何涼薄對待，這個人還是把生命獻給了他，自己甚至幾乎未曾在這個家族裡享受過什麼尊敬與良好的待遇。

「家族只賦予你血脈，卻要剝奪你的人生，我怎麼可能點下這個頭。」這個試煉甚至還繼續誘惑他奪去對方的一切，不論是赤牡丹或是先前的侍女，她們總是說著一樣的話，可是他和兄長的人生究竟該怎麼辦？

如果死之試煉就是要讓他決定誰才能活下來，那麼無論多少次，即使會被傷害反噬，他也絕對不會改變自己的答案。

即使記憶暫時被封，他知道自己會堅持這個決定。

「千冬歲，別害怕。」男孩還是笑著。

「不，不是這樣。」他輕輕地鬆開手，有點眷戀地看著對方，身旁的赤牡丹已經捧著匕首站在旁側。「哥，這次你不用選擇。」

刀尖沒入心臟的瞬間，好像看見兄長落下眼淚，可是，他覺得沒關係。

如果是因爲血脈，只要這血脈消失，就不會奪走另外一個人的人生與生命了，不是嗎？

千冬歲踉蹌了一步，他身上又多出許多傷口。

抬起已經回到原本身體那傷痕累累的手，淡淡地笑了聲，朝著雪白無人的小徑說：「這個考驗對我來說，不痛不癢。即使一刀一刀地剮，我也會走完。」

「所以你哥哥的意願就無所謂嗎？」

千冬歲回過頭，看見來時的雪地上多出一隻白色狐狸，以後兩腳立起，身上穿著一襲紅色衣飾，臉上繪有花紋，彷彿人類般佇立地盯著他。「為何不尊重兄長的意願好好活下來？」

「他又尊重過我的意願，讓他自己好好活下去嗎？」冷笑了聲，他繼續向前走。

「你知道過度執著到最後將成魔嗎？」狐狸停留在原地，眨著細長的眼睛。「你也是，他也是，許許多多的人都是。」

「我知道如果因我的執著，可以換得他的生命，無論在哪都能安活下來，那變成什麼都無所謂。」千冬歲看著緩慢落下的雪花，知道下一輪試煉又將開始。「這條血脈對我哥而言，只是詛咒。」

六歲的自己，並沒有想起試煉。

但他還是順利地殺死自己，把生命留給兄長。

七歲的自己，最後一刻奪下刀，在有著小黃花的籬笆前插入心臟。

八歲、九歲……

離開十歲和那令人憎惡的長老指責時，有隻紅白色的金魚在空中悠游地跟著他，沒有情感的魚眼睛映著他渾身是血的倒影。

「你沒有看見他哭了嗎？」金魚發出好奇的詢問：「你死前的那刻，他很難過。」

千冬歲咬牙，在斑斑的血跡裡繼續向前走：「他死前的那刻，我也很難過，他爲我死了兩次……整整兩次！爲什麼就不能容許我爲他死一次？因爲該死的大義嗎？」

「我認爲我們是在討論感受的問題。」金魚搖晃著美麗的尾巴，像絹絲般在空氣裡散開。

「你死了，他很難過，他死了，你很難過，爲什麼你們那麼難過卻不做別的選擇呢？」

「那你應該問問，爲什麼他們不讓我有別的選擇。」千冬歲停頓了下，感覺呵出來的白氣都帶著血味。「我只想……有個他能活下來的選擇，哪怕他不認我、不記得我都好。」

「可是他不記得你，你不會難過嗎？」金魚懵懵懂懂的，再次問道：「如果他不記得你，你爲何又要因他而死？」

「……這到底是什麼亂七八糟的幻影，不是死亡試煉嗎？」千冬歲忍無可忍地瞪向不斷在問蠢問題的金魚。「紅龍王讓你們這些幻影來說一堆無用的廢話嗎？」

「試煉？我不明白，我以爲我們討論的是爲什麼難受就必須代替對方死的問題。」金魚好像感受不到對方的敵意，慢慢地在風與雪中游走了。

千冬歲抹掉臉上的血，等待下一輪考驗。

十一歲時，他一開始就取回自己的記憶。

一樣的雪地，一樣凍結葉片的楓樹前。

一樣的男孩回頭對著他微笑。

這時候他才突然發現，他其實對年幼兄長的樣貌是很陌生的，即使與自己長得完全相同，但他從來沒有參與過兄長幼時的人生。

穿著單薄的男孩面色略微蒼白，身體看上去也不是很好，有點過於纖細，很可能是當時在藥師寺家的訓練所致。

「哥，我們逃吧。」他流著眼淚，握住男孩的手。「其實……其實我隱約記得……很小的時候，你曾經想過如果我不在了，是不是會比較好，對吧。」

「怎麼了？突然說這種話？」男孩露出有點困惑的表情，細小的手指擦去他的眼淚。「練習很辛苦嗎？」

「我不在眞的比較好，你當時……應該把那件事情做完的。」他抓住對方的手腕，拉著人往前走。

被拉得差點摔倒，男孩快步跟上。「不是那樣，千冬歲，這個地方需要的是你。」

「我不知道要說多少次你們才能聽見我的聲音，但是就算要說一千次、一萬次，說到哥你能聽進我的話，我也願意說。」猛地轉回身，他抓著男孩的肩膀，啜泣著：「這個地方，就算我死了也會有其他的繼承者。我清除那麼多旁系，裡面不乏擁有天賦的同輩，如果不是因爲母親的交代和父親的冀望……還有想把哥你帶回來，這個位子其實有很多人能夠坐，也會做得很好，並不一定要我，他們要的，只是不切實際的『名』。」

「但是，我們的家族就是需要這個『名』。」男孩溫和地望著他。「家族發展太久了，很久之前便已步入停滯期，爲了往後的千年，他們必須替子孫鋪上新的基石。」

「哥，我就求你們一次，讓我用我的能力證明我自己吧。」用力地抱著兄長，他幾近懇求：「你能做到的事情，我也能做到啊，不需要什麼獻祭傳承，爲什麼我們不能靠自己的力量走出新的道路？非得要強求先祖的血脈？」

他的兄長沒有回應他。

那柄該死的匕首再次出現在他們面前。

照雪姬捧著刀，以責難的眼神看著他，嘴中說著他們應該要保全家族的名譽和大義。

而他毫不猶豫地，再次殺死自己。

❋

「名真的很重要嗎？」

雙尾白貓在千冬歲身後走著，提問：「家族的名譽、名聲、威名、威望……從古至今，似乎好重要，每個人都不容許名望受損或者消失。」

「狗屁東西。」千冬歲摀著疼痛的胸口，指縫不斷流出血液，蛇一樣的赤紅蜿蜒在他走過的雪徑上。

白貓像踏著紅地毯，雙尾優雅晃動著。「你的兄長想要你繼承這份名，然後變革家族。說起來不論是什麼種族都很有意思，得先有『名』，才會有許多人乖乖聽話，這種看不見卻千千萬萬人爭奪的寶貝，怎麼會是狗屁東西呢。」

「對我來說就是狗屁東西。」扶著旁邊的樹木，千冬歲緩緩吸了口冰冷的空氣，喘息著。「這狗屁東西讓我現在知道原來我沒有個真正的『家』，父親的慈愛沒了，大夫人沒了，母親沒了，兄長沒了，他們都只是這個『名』的墊腳石，而我必須踩在上面。」

「那不是代表你很有能力嗎，被承認的能力，才會有人甘願化為踩石。」白貓舔了一下爪子上的紅色雪花。「你不能否認，你的出身比起其他人好太多了，不須做太多努力就能得到這些墊腳石，那你為何又要放棄這些自願為你奉獻的鮮血。」

「我被承認的不是能力，而是這身傳承的血，爲了這身血，他們可以用各種謊言騙我、哄我、瞞我。」冷冷笑了聲，千冬歲閉了閉眼，再次往前走。「他們不給我證明眞正能力的機會，逕自決定只有這身血有用，他們根本不願意聽我的意見，擅自作主，每個人都一樣。」

「可是你想拯救的人，也是這樣啊。」白貓歪著腦袋，眨著金色的眼睛：「他爲了維護家族的傳承和母親的諾言，甚至願意隱瞞很多事情代替你死，可是你卻想替他死，你既然這麼討厭有這些想法的人，爲何又要拯救他？不如拯救你自己呢。」

「……」

「這些人對待你如此殘忍，無一例外，不如毀去一切呢，當世界消失了，『名』又有什麼用呢。」

隨著越過他遠去的白貓大笑聲傳來，下一輪試煉再次開始。

不知道是不是白貓的話逐漸發酵，他看著一輪輪出現、捧著刀給他的人們，以及始終沒有改變過想法的兄長，怨懟的星火慢慢地滋長。

沒有一個人站在他身邊，沒有一個人願意讓他選擇。

他的兄長可以眼也不眨地爲自己去死，他的母親溫柔地要他守護兄長並改革家族，他的父親嚴厲地要他以兄長作爲墊腳石，將家族推向更高的地位。

他的選擇呢？

很久以前，他自傲於自己是神諭家族的人。

現在他卻發現原來身爲神諭家族的人根本沒有自我的選擇，連他愛的人都不給他。

他開始，有點報復性地把刀插入自己的胸口。

他想救那個人，也想讓那個人知道他的痛。

十七歲的時候，他身穿一身正式服飾甦醒，無聲地踏出雪地，看著少年背對他，依然在看凍結著那片楓葉的大樹。

「哥。」

少年回過頭，溫柔微笑。

他走向對方與之並肩，一起看了一會兒那片楓葉，過了大半晌後才開口：「下一次，就是最後關卡了。」這種試煉不會永遠持續下去，按照前面的設計，他知道最後一次已經到來。「我不知道這樣算不算走完死亡之徑，但是我希望龍王們會按照約定讓你回來……如果我成功的話。」

「千冬歲……」少年有些遲疑。

他抓住少年的手，對方手上已經握著那柄匕首，然後他就像之前十多次那樣，直接把刀尖送入自己胸口。

乾淨俐落地死去。

❋

「你爲什麼就不能坦然接受這血脈呢？」

白色的幼鹿腳步有點不穩，踏在血色的雪上，跟在同樣走不穩的他後面。「接受力量之後，就能創造出新的可能性。」

千冬歲撲倒在地，半跪半爬起地掙扎。已經花掉太多時間了，他想，不知道那人還撐得住嗎？「但是接受力量之前，我想要的可能性就會消失。」

「如果有其他的可能性呢？」幼鹿摔了一下，纖細的四肢撐著身體又站起來，繼續跟隨在血路之上。「如果你擁有力量，事情有轉圜的餘地，你有同時保全兩方的意願嗎？」

「保全兩方？」千冬歲嗤笑了聲：「在我們被傷害這麼多次之後？」

「想要守護重要的人沒有錯誤，但是你的家族爲了族人們迫切需要的未來而鋪出的計畫，你認爲是罪惡嗎？甚至許多長者都知道你在清理貪腐旁系，卻默認不出聲，悄然或出面協助讓你能夠順利著手，否則依照你的實力，也很難在短短數年內拔除大半腐壞的根莖。」幼鹿停頓了下，兩片耳朵被冷風吹拂而動了動。「例如你的父親，身為家主，沒有阻礙你，你是知道的。」

「那是他心虛，他知道自己幹了什麼，我絕對不可能保全他想要的一切。」咳出暖熱的血液，千冬歲依然冰冷地笑道：「如果有其他可能性，我會讓他希望破滅，讓他失去繼承人，讓那些自以為是的家族長老眼睜睜看著他們的期待像朝霧、像泡沫，下秒不存！」

「但是，那些也是你母親與兄長的期待啊？」幼鹿又摔了一跤，顫抖著努力爬起，雖然腳步很不穩，仍是超越了渾身浴血的人走往前方，只留下聲音：「你砸破了家族所有人的冀望，也同時捏碎了自己深愛人們的期望，這會是最圓滿的可能性嗎？」

十八歲時，他在屋內甦醒。

身著最正式的祭祀服飾，且今日是神聖的祭禮，父母將會出席他們重要的祭典。

他走出屋外，兄長正背對他在看著楓葉。

兩人無聲地看了一會兒紅色的葉片後，便有人來通知他們時間到了。

小徑上飄浮著紙燈籠，一路綿延通往祭壇。

他們一起走了一段路，直到看見朱色鳥居及後方巨大的龍神像，似要登天的龍神塑像氣勢磅礴，就好像眞正的龍即將脫離一身沉重的軀殼，直奔化外仙境。

神官們唸了祝禱詞後紛紛消失在雪地裡，然後是一臉嚴肅的男性站在他們面前，嚴厲的目光審視著樣貌幾乎相同的長子與次子。

「你們兩人都有傳承，但是不足完成一切。」

冰冷的語氣沒有往日指導時的親情，也沒有人類的溫暖和感情。「交諸給一人是最好的做法，夏碎天生命薄，時間並不多，過早衰亡很可能會造成繼任斷層，影響家族大運。但身爲父親，讓你們有公平選擇的機會。」

對了，這是一場選擇誰將擔負重任的祭典。

他知道不論是誰，都口口聲聲說兄長天生命薄，把傳承交給天生神眷的次子是最好選擇，然而父親要他們自己做抉擇，要把力量交給誰，最終留下的那人將統馭整個神諭之所。

他們的母親從父親身後走出，美麗的容貌與年輕時一模一樣，驚人地幾乎沒有改變。

她們手上各自捧著匕首，笑容熟悉又溫暖。

「夏碎，將未來讓給弟弟吧，你必須守護他的一切，不讓任何危險逼近他，保護他成爲改動腐敗的那個人，解放雪野家，才能將整個家族重新推往至高處。」大夫人看著兄長，目光帶著疼愛與慈祥。

「千冬歲，將未來讓給哥哥吧，你必須扶持他、敬愛他，讓長兄名正言順地繼承上位，震懾雪野家，才能拔除那些腐敗，重新將家族引領至正軌。」母親看著自己，以溫柔又祥和的聲音說著。

他轉過頭，赫然看見兄長根本沒有思考便已握著匕首，他立刻抓住對方的手腕，「不是這樣選的。」腦中似乎有一層迷霧，但他來不及細想，只知道胸口疼痛，懊悔又隱隱憤怒，這些編織在一起，令他露出笑容。「哥，你選過太多次，這次輪到我選了。」

這個動作好像做過了許多次，幾乎都快變成下意識的舉動——把刀尖送進自己的胸口。

然而並沒有順利成功，莫名有股力量拽住他的手，竟然硬生生逼得他動作停滯。

還沒釐清是怎麼回事，上方便傳來聲音：「父親給了你們機會選擇，你們卻無法替自己做主嗎？」逐漸轉為嚴厲的聲音冷酷無情。「既然如此，那替你們安排好命運，就不應該有怨言了吧，畢竟你們即便手握機會，也無法使用。」

「不，我的選擇……」他努力想要把刀往自己靠近，可是那股怪異的力量好像拚死要抵擋他，讓他完全無法動彈。「什麼東西！快放開！」

這時，他突然發現兄長竟然想要去取另外一把匕首，他立刻施力硬控制住對方的動作，不讓對方離開自己身邊。

「既然無從選擇，那就由我來吧。」男人冷哼了聲，像是覺得兩人無能，直接去取那柄匕首。

接著男人也無法動彈。

偌大的疑問自心底浮現。

男人手上的匕首突然脫出浮空，撞在神像上，接著被彈開。

沒多久，神像上出現了一小條裂縫，匕首不死心一樣從地上掙扎飛起，衝入那條裂縫裡，緊緊卡住。

腦袋裡的迷霧瞬間被拂去，他再一次地想起來這是一場試煉。

這場試煉明明只有他一個人能走。

硬要破壞規矩追上來的人，他連想都不用想就知道會有誰。

「……萊恩？」

「米可蕥？漾？」

這麼說，那匕首會彈出去的話，就不是萊恩會發生的事，他的搭檔會穩穩地將匕首深深插入目標物。動了動手，試探性地緩緩使力，他幾乎可以確定制住自己的是誰，也可以認出擲匕首的是誰。

三人裡面只一個人擲匕首會出現這種狀況。

「是要我們兩個都一起留下嗎……？」

心底流過一絲溫暖，微微驅散一路走來的絕望與寒冷。

於是他鬆開手指讓匕首落地，匕首一掉果然立刻就被踢出去很遠。

「千冬歲？」兄長有點疑惑，不解現在正發生的事情。也是，幻影並不知道他的同伴就在旁邊，也不知道同伴們付出了什麼代價來到這裡，只爲了阻止他繼續傷害自己。「這樣無法完成我們的使命？」

他動了動手，示意抓著自己的人可以鬆開了。

不知道幾千百次的默契，對方立刻卸去力道還他自由。

「哥，我們的使命只能爲了家族而活嗎？」不知道第幾次，他一把擁住這個陪他一路走來的幻影，說著他說了無數次的話：「那我們的意願呢？」

「生在雪野一族，我們的命運原本就是將家族傳承下去，爲了這些，你成爲家主進行改革是必然，一直以來你也都爲了這些而鋪路，剷除大多數腐敗的老舊派，眼看著雪野家族就能邁入一個新的發展。」兄長拍了拍他的背，還是那麼溫柔。「別因此痛苦與掙扎，你能夠做到最好，我相信你。」

還是那種冥頑不靈的話。

「不對……不是這樣，我們的命運絕對不只如此。」怒氣和痛意再度浮上，他恨恨地一口往對方身上咬，恨不得把這個人咬下一塊肉，看這樣對方能不能好好地把他的話聽進耳裡。「你等著……失去的我會去搶回來，我們的命運不是爲了家族而生，也絕對不是爲了家族而死，如果世界這樣對你，我就要對不起你的所有一切陪葬！」

話說完，他直接推開詫異的兄長，平空握住自己的幻武兵器，一箭射入神像的裂縫，所有幻境瞬間炸開，大量雪粉呼嘯而散。

留在面前的，只剩下一座涼亭。

涼亭裡僅有一座玉石像，輪廓是男性的模樣，雕刻手法很粗糙，一點也不精緻。玉石像的手上捧著一碗黑色的血液。

他成功走完了嗎？

千冬歲看著那碗血，無法得知試煉的最終結果是什麼。

隱約有聲音催促他將血喝掉，他便一口把那噁心的東西嚥入喉嚨，接著往涼亭旁出現的道路走去。

不知不覺，他看見了穿衣服的白狐，看見金魚，也看見了雙尾貓和幼鹿。

「你拋棄執著了嗎？」白狐問道。

「你還是覺得必須爲對方而死嗎？」金魚問道。

「你選擇拯救還是毀滅？」雙尾貓問道。

「你願意坦然承認這身血脈了嗎？」幼鹿問道。

千冬歲覺得自己已經快把一身血液流乾了，他連眼前的路會通往哪裡都看不太清楚。

「我不會拋棄執著，我願意爲了對方而死……如果無法拯救我就選擇毀滅，我不願意承認這害我家破人亡的混帳血脈……」

他要把這身詛咒都流乾，取回另一個人該有的生命。

他要讓所有殘忍的人都知道他的痛，把不切實際的希望用手捏碎。

「我現在不想跟隨你。」

「我想知道是否會改變。」

「我現在不想跟隨你。」

「我現在不想跟隨你。」

他分不出來那些話是誰說的。

視力逐漸模糊，他一腳踏入不明液體裡，帶著血腥與惡臭。

很快地，他幾乎半個人泡入那東西裡頭。

冰冷的壓力從四面八方傳來，他很熟悉這種氣息，是一直眷顧他的黑龍王，同時，可怕的戰慄傳導到他身上，他幾乎不敢去想現實發生了什麼事情。

「你走完了紅龍王的試煉之路。」

黑龍王好像還說了些什麼，但是他沒有聽進去，他的腦袋嗡嗡作響，不知道是因為失血還是本能恐懼。

他走完了，他卻沒死。

「不……」聲音不知道什麼時候變得極為衰弱，幾乎連自己都聽不到。

他沒有死的話，是不是意味龍王們無法履行約定？

「雪野一族盲目地追尋根本不可能完成的神祭，那群愚蠢的傢伙們連眞正的方式都不懂。今日看在九鴆目的份上，以禍印的血為你血脈洗禮，取禍印的逆鱗讓你得到龍族力量，你既然活著走完紅龍王的考驗，就如九鴆目交託給我們的遺願，讓你擁有雪野始祖龍神眞正的餽贈賜予。」

黑龍王的聲音像在驗證他的想法般，又開始慢慢清晰起來。

爲什麼要把先祖的餽贈給他？

他應該要死的！

他不要這些！

「你許下的願望是你的兄長，而你的兄長最初請託我們的願望是你，既然你敢接受紅龍王的試煉，那麼就讓我們看看你是否能在最後接下禍印帶來的血咒衝擊吧。」

「不——！」

※

他沒有死！他沒有死！他沒有死！他沒有死！

他沒有死！

從黑暗中恢復意識時，他根本不想知道自己身上多了什麼，不想發現那身凶惡又翻湧的可怕龍神力量，恐懼是他當下唯一有的感受。

慎思、慎思……

心中細小的聲音逐漸被眼前可怕的景象覆蓋。

他只看見躺在那裡的人沒有氣息，身體已經冰冷，魂靈並不在身上，一身的血早已流乾，所有的詛咒、刻印全都散去，就像這具軀殼已經不再有利用價值，離得乾乾淨淨。

痛苦。

他覺得很痛苦。

他沒有成功，他沒有死，死的是不該死的人。

龍王們沒有實現諾言。

祂們只留給他一身詛咒的力量和無邊無盡的劇痛。

神祭不該成功。

龍王們卻用變相的方式把一切都化作成功，唯有他的願望失敗。

爲什麼要讓家族得逞？

爲什麼要犧牲不該犧牲的人？

爲什麼又一次無視他的痛喊？

龍王們……其實站在家族那邊的嗎？

他再次受騙了。

這次他親手把兄長送到最信任的神面前，讓對方血盡而死。

存活下來的自己獲得了家族最希望的東西。

簡直是對他最巨大的嘲笑與惡意。

他再也感受不到外界發生什麼事情，也對外界毫無興趣，這個世界只充滿了疼痛和絕望，

他緊緊抱著自己，閉上眼睛摀住耳朵，痛得說不出話。

如果那個人不在了，試煉成功或失敗都無所謂。

什麼家族、什麼世界，都和他一起消亡吧。

不知不覺，他身邊只剩下黑暗，以及不斷撕裂他的劇烈痛楚。

「你哭了。」

紅白金魚在黑暗中，依然對萬事懵懂不解。「可是其他人也哭了，你可以看看他們嗎？」

「我想看……可是我好痛……」

「他們也很疼，爲什麼大家都那麼疼痛？」

他好像聽見誰的聲音，他試圖想要握住誰的手，但是憤怒和疼痛讓他重新閉上了眼，遮住耳，不聽不看，讓痛苦驅使自己破壞一切。

他救不了誰，誰也救不了他。

金魚的高度慢慢地下降，開始變得衰弱，直到躺在他的腳前，漂亮的尾巴像蔫掉的枯葉攤平在黑暗的地面。

他剩餘的情感逐漸死去。

就像其他早就幾乎殘缺不存的欲求、理智和感知一樣。

最終他們都會被埋入深沉的黑暗裡衰敗破滅，再也無法回到最初時的模樣。

「如果他也哭了，你願意睜眼看看嗎？」

金魚吐出最後一個泡泡。

「我想知道，你願意爲了那些哭泣的人回去，並重塑未來嗎？」

「等你有答案後，我想我們都會再度回到你身邊。」

〈選擇〉完

探病禮

請慎選探病用水果

腳本／護玄
繪／紅麟

國家圖書館出版品預行編目資料

特殊傳說.III / 護玄 著.
——初版.——台北市：蓋亞文化，2021.08
冊；公分.

ISBN 978-986-319-587-0（第三冊：平裝）

863.57 109020985

悅讀館 RE393

特殊傳說 III THE UNIQUE LEGEND vol. 03

作　　者　護玄
插　　畫　紅麟
封面設計　莊謹銘
主　　編　黃致雲
總 編 輯　沈育如
發 行 人　陳常智
出 版 社　蓋亞文化有限公司
地址：台北市103承德路二段75巷35號1樓
電話：02-2558-5438　傳真：02-2558-5439
電子信箱：gaea@gaeabooks.com.tw
投稿信箱：editor@gaeabooks.com.tw
郵撥帳號 19769541　戶名：蓋亞文化有限公司
法律顧問　宇達經貿法律事務所
總 經 銷　聯合發行股份有限公司
地址：新北市新店區寶橋路二三五巷六弄六號二樓
電話：02-2917-8022　傳真：02-2915-6275
港澳地區　一代匯集
地址：九龍旺角塘尾道64號龍駒企業大廈10樓B&D室
電話：+852-2783-8102　傳真：+852-2396-0050
初版一刷　2021年8月
定　　價　新台幣 260 元
Published and printed in Taiwan

GAEA ISBN 978-986-319-587-0

RE393
GAEA

THE UNIQUE LEGEND vol. 03

特殊傳說 III

蓋亞文化　讀者迴響

感謝您在茫茫書海中選擇了蓋亞，您的支持是我們最大的動力。
不要缺席喔，讓我們一起乘著夢想的羽翼，穿越時空遨遊天地！

姓名：　　　　　　性別：□男□女　　出生日期：　年　月　日
聯絡電話：　　　　　　手機：
學歷：□小學□國中□高中□大學□研究所　　職業：
E-mail：　　　　　　　　　　　（請正確填寫）
通訊地址：□□□
本書購自：　　　縣市　　　　書店
何處得知本書消息：□逛書店□親友推薦□DM廣告□網路□雜誌報導
是否購買過蓋亞其他書籍：□是，書名：　　　　□否，首次購買
購買本書的動機是：□封面很吸引人□書名取得很讚□喜歡作者□價格便宜□其他
是否參加過蓋亞所舉辦的活動： □有，參加過　　場　□無，因為
喜歡出版社製作什麼樣的贈品： □書卡□文具用品□衣服□作者簽名□海報□無所謂□其他：
您對本書的意見： ◎內容／□滿意□尚可□待改進　◎編輯／□滿意□尚可□待改進 ◎封面設計／□滿意□尚可□待改進　◎定價／□滿意□尚可□待改進
推薦好友，讓他們一起分享出版訊息，享有購書優惠 1.姓名：　　　　e-mail： 2.姓名：　　　　e-mail：
其他建議：

◎請沿虛線剪開、對摺、裝訂後寄出

◎請沿虛線剪開、對摺、裝訂後寄出

廣告回信 郵資免付
台北郵局登記證
台北廣字第00675號

TO：蓋亞文化有限公司　收

103 台北市承德路二段75巷35號1樓

GAEA

Gaea

Gaea

GAEA